夜莺之眼

〔英〕A.S.拜厄特 著

王娟娟 译

●

THE DJINN
IN THE
NIGHTINGALE'S
EYES

A.S.BYATT

上海文艺出版社

目录

玻璃棺 *1*

死灵湾的故事 *25*

大公主的故事 *41*

龙息 *77*

瓶中精灵 *99*

献给塞瓦特·恰潘

玻璃棺

The Glass Coffin

曾有个小裁缝，一个平平凡凡的老实人；或许是为了寻找工作机会吧，总之他这会儿来到了一座大森林里。要知道，在那个年代，人们往往需得行经千里路途，一路胡乱打些零工，才得以勉强糊口，维持生计。何况，并不是所有的人都懂得欣赏我们故事主人翁的精致手艺——为了省上那几分钱，人们通常也就安于接受那些急就章的粗糙成品；既不合身，也着实不太耐穿。小裁缝倒是信心十足，坚信自己总会碰上一个能够欣赏他的手艺，进而需要他的服务的客人；他是个十足的乐天派，总想象着机缘随时随地就要降临——这会儿他正一步一步往林中深处走去，周遭一片幽暗阒静，就连月光都给打散成了一撮撮缝衣针般大小的蓝光，隐约地映在地面的苔藓上，根本不足以照路——这机缘究竟要如何降临，还真是费人疑猜。不过还真给他遇上了：一幢小屋兀立在树林深处的一块空地之上，昏黄的灯光自木窗四周向外流泄。小裁缝喜出望外，一个箭步上前叩门；屋里先是传来一阵窸窸窣窣，然后，嘎吱一声，门开了。一个矮小的男人站在门与门框之间的那道细缝后方，灰扑扑的一张脸，活像是隔夜的余烬，一把毛茸茸的长胡子也差不多是同样的颜色。

"我是个迷途的旅人，"小裁缝说道，"也是个正在寻访工作机会的巧手工匠，如果阁下有此需要的话。"

"我不需要什么巧手工匠。"小灰人开口道，"而且我怕极了偷儿。你不准进来。"

"偷儿要不就破门而入，要不就偷溜进去。"小裁缝答道，"我只是个需要帮助的老实裁缝。"

此时小灰人后头出现了一只大灰狗，差不多

跟主人同高，红着一双眼睛，呼呼地吐着气。这头巨兽起初发出呜呜低吟，露齿咆哮，一会儿却又停了下来，轻轻地摇着尾巴。小灰人见状开口："奥图觉得你是个老实人。这样吧，你进屋来打上一晚的杂，煮顿晚餐，清理一下，打点看有什么需要打点的，好换取一夜安眠。"

于是小裁缝就进到屋子里头去了。这还真不是户寻常人家——一只色彩斑斓的小公鸡与一只纯白色的小母鸡就昂然站立在摇椅上；炉灶旁站着一头黑白交错的山羊，头上顶着两坨圆圆的犄角，一双黄眼睛亮得像玻璃似的；一只大肥猫躺在壁炉前方的砖地上，一身令人眼花缭乱的杂色皮毛，两只骨碌碌的眼睛猛盯着小裁缝瞧，活像是冰冷的绿宝石，瞳孔四周还镶着一圈黑色的细纹。至于餐桌后方则站着一头身形细致的暗褐色小母牛，鼻头一片温暖潮湿，嘶嘶冒着白气，一双棕色大眼柔顺温吞。"大家好。"小裁缝开口问安；他向来是个有礼的青年。众兽目光中闪耀着智慧，来回打量他。

"吃的喝的都在厨房里。"小灰人说道，"弄顿像话的晚餐，你我一起吃。"

小裁缝于是进了厨房，用面粉与洋葱烤了一个体面的肉派，还用面团揉成叶片与花朵，装饰在上头；他毕竟是个手工艺匠，即使无法展现自己真正擅长的手艺。他一边等着派出炉，一边打点屋内琐事，拿了些稻草给母牛与山羊，黄澄澄的玉米给母鸡与公鸡，牛奶给猫，而厨余的骨头与肉渣则给了那只大灰狗。小屋里香气四溢，裁缝与小灰人就在一片食物馨香中共进晚餐。小灰人开口说道："奥图没有看走眼，你果然是个正直的好人；你着实打点了屋里上下，没漏了谁，也没漏了任何事。我是该送你个礼物，算是报答你的好心肠。你就从这里选一样东西带走吧。"

小灰人说着拿出了三样东西。第一样是个柔软的小皮囊，里头叮咚作响的。第二样是个煮锅，结实耐用的模样，外头是黑的，内层则晶亮光滑。第三样是一把小巧的玻璃钥匙，打造得精巧纤细，匙身泛着七彩光芒。小裁缝望向四周围看的动物们眼底，想要寻求暗示或建议，而它们却只是笑盈盈地回望着他。他于是在心里掂量着，我听说过这样的事,这种来自森林里的小矮人的礼物。事情八成是这样的:那皮囊是个聚宝袋,而那个锅子则会随时随地为主人送上源源不绝的美食。我听说过这样的事,遇过这样的人们;他们信誓旦旦说他们曾从如此宝囊取钱花用,曾自如此宝锅享用美食。倒是从没看过听过什么玻璃钥匙,也想不透它能有什么功用;这么纤巧精细,看来任何一个锁孔都足以让它粉身碎骨。但他还是想要那把玻璃钥匙。因为他是个艺匠,向往如此巧夺天工的臻品;也因为他猜不透钥匙的用途,而好奇心乃是万物驱动之源。他于是对小灰人说道:"就这把漂亮的玻璃钥匙吧!"小灰人应道:"你不愿稳扎稳打,倒是作了大胆的选择。这是一把通往奇遇之钥,只要你愿意出发前去寻找。"

"有何不可呢?"小裁缝说道,"反正我的一身技艺在此荒郊也派不上用场,我就这么选了。"

话声刚落,一群动物就纷纷凑了上来;白雾雾的鼻息暖烘烘的,还带着讨人喜欢的稻草味儿与夏日气息,一双双非人的眼睛温吞吞地送来鼓励的目光。灰狗将一颗大头靠在小裁缝的脚上,花猫则纵身一跳,在他椅子的扶手上坐了下来。

"你得走出屋子,"小灰人说道,"呈上你的钥匙,呼叫西风;她来了之后,你就放手让她带着你走,不要挣扎,也无须惊慌。如果你有所反抗或是质疑,她就会把你扔到荆棘丛里,到时你可就很难全身而退了。如果她愿意带你走,你就会被带到一处荒野,那里会有一块花岗巨石,而那就是通往你的奇遇的大门。石头乍看之下或许不动如山,仿佛自浑沌初开以来就一直是那个模样,但你只消将一根小公鸡尾巴的羽毛放在上头——这它会很乐意提供给你的——巨石自会为你而开。你得顺势纵身而下,无须惧怕,也不要犹疑,只管往下,再往下;把你的玻璃钥匙握在身前,它会为你照亮前方的路。接着,你将会来到一个石头大厅,那里会有两扇通往岔路的大门,以及另一扇藏在帘幕后方的低矮大门;选择后者,让它把你继续往下带。但记住,不要用手去碰帘幕;把小母鸡待会会交给你的白羽毛拿出来,轻轻刷过,帘幕自会为你而开,其后的大门亦然。顺着通道走下去,然后你将会发现另一个大厅;剩下的,就待你自己去发掘了。"

"嗯，我将如是前去，"小裁缝说道，"虽然地底暗无天日，顶上又有巨石厚土大军压顶；虽然我必心生恐惧。"话毕，公鸡与母鸡随即上前，让小裁缝自它们身上各取了一根光泽耀眼的黑绿相间尾羽，以及一根柔软的奶白色羽毛。向屋内众人兽辞别后，小裁缝便一步跨出小屋大门，站在屋前的空地上，手中高握钥匙，扬声呼叫西风。

霎时，外围群树一阵枝摇叶动，散落在小屋前方的稻草随之翻飞起舞，干涸的小土洼中的尘泥亦向上卷起，打旋作转：西风伸出她那一双轻盈的长臂膀，探过树梢，将小裁缝一举迎风扫起——多么美妙却又令人不寒而栗的感受！树间小枝仿如千万根手指，沿途袭来，将他打得一阵往东，一阵往西，一路踉跄迭撞，向上攀升。西风呼啸着行过天际，小裁缝只觉自己紧依着一副隐形的胸膛，乘风前行。他将脸顺势轻靠在那拱起的隐形软垫中，不曾失声惊叫，不曾反抗挣扎；西风的呜咽之歌夹带着柔若鹅绒的细雨与偶然斜刺的耀眼阳光，流动的浮云与杲杲星光，重重包围住他。

　　西风果如小灰人的预言，将他放在一块灰色巨石上；斑斑驳驳、光秃秃的花岗巨石。小裁缝听过西风一路悲鸣呼啸，绝尘而去，方才弯腰倾身，将公鸡尾羽放在巨石上，然后战战兢兢地看着巨石一边发出隆隆碾磨声，一边左右摇晃，仿佛上了转轴或是在天平上似的，上了天再下了地，扰得四周土壤与石南树丛有如浓腻的海水般传出阵阵波动，接着，在层层纠结的石南根与荆豆根中，赫然出现了一条幽暗的地底通道。小裁缝于是鼓起勇气，一个箭步走了进去，满心只是惦记着顶上的巨石、泥炭与土壤。通道里的空气阴凉潮湿，脚下的地面亦饱含湿气。他想起了他的小钥匙，赶忙将它掏出来，举在胸前；玻璃钥匙果然发出微微亮光，照亮眼前咫尺寸土，银白色的微弱光芒。一阵摸索前行之后，他终于来到了那个门厅：两扇大门底下泄出柔柔灯光，温暖而诱人；第三扇门则隐身在一道霉点斑斑的皮革帘幕后方。他用小母鸡的白色羽毛尖端轻轻刷过帘幕，帘幕顷刻有如蝙蝠双翼般向两侧翻开掀起，露出后方一扇洞开的深色矮门,以及其后一个仅能容一人侧身通过的小洞。这会儿他可真心害怕了起来;小灰人并没有提到这个窄洞,而他怀疑自己一旦一头钻进去,恐怕就很难活着出来了。

小裁缝于是转头望望身后,却赫然发现自己的来时路已混杂在无数条通道之中,一条条模样相似、盘根错节的黝黑通道。他心想,回头显然已经无望,过了河的卒子也只能向前了。他闭目屏息,鼓足勇气,闷头钻了进去,一路扭着身子,挣扎着前进。不久,他跌跌撞撞地闯进了一个石头大厅,里头朦朦胧胧的亮光照得玻璃钥匙的银光霎时失了颜色。真是个奇迹,他打量着,经过了刚才那场扭挤挣扎,这玻璃钥匙竟然毫发无伤,依然一派清澈晶莹的模样。他举目环顾,看到了三样东西。其一是一堆玻璃瓶罐,上头全都蒙着厚厚的一层灰尘与蛛网。其二是一座半圆形的玻璃罩幕,约同一般人高,比咱们故事的主人翁高上了那么一点。第三样则是一副躺在镀金台架上的玻璃棺材,底下还衬着一条华美的丝绒柩衣。照得满室通亮的正是这三样东西;仿佛在深水中兀自映射闪闪微光的珍珠,又如点点鬼火磷光——或是在漆黑的南海夜空中明明灭灭,或是在咱们自家的英吉利海峡浪头袭岸的浅滩处,在黝黑海水与奶白浪花之间闪烁银光。

就这了,他想,这其中一者,甚或三者一起就是他的奇遇了。他仔细端详那些色彩缤纷的玻璃瓶罐:有红,有绿,有蓝,还有氤氲的黄水晶,里头则依稀盛装着一些不明不白的丝丝缕缕,其中一只里头似有一抹水烟,另一只则装着疑似酒精的液体。所有的瓶子都给细细地上了木塞与封条;他暂时还不想贸然打开它们。至少得等到他辨清自己的处境再说。

他将目光移至那个圆顶罩幕上。请想象你或曾在电视上看过的那种神奇巨型罩幕,里头要不畜养着各种珍奇鸟类,栩栩有如在野地般各踞枝头,要不就是成群的不明飞蛾与蝴蝶。或者,你也许曾看过那种里头装着迷你小屋的水晶球,就是你随手一晃便能制造出漫天纷飞雪花的那种案头摆饰?小裁缝眼前的这座圆顶罩幕里便安然矗立着一座迷你城堡,被美丽的花园簇拥在其中,有绿树有楼台，有喷水鱼池有攀垣蔷薇，角楼高塔上还垂挂着许多色彩鲜明的旗帜。十足华美的处所；数不尽的楼台小窗与回旋阶梯，还有如茵绿草与树下秋千，所有你能想望得到的，关于一处理想住所的一切都已然齐聚一堂，只可惜这一切非但木然死寂，而且还微小得非得要用放大镜才能看清其中错综复杂的结构与附件。这小裁缝，诚如我在故事开头即已说明过的，并竟是个艺匠，这会儿他就啧啧称奇、兴味盎然地站在玻璃圆顶的前方，目不转睛地，甚至无法开始想象是什么样的精密工具与手艺竟能雕琢出如此臻品。他用衣袖拭过球面，好看得更清楚些，然后才举步走向那副玻璃棺。

你可曾仔细观察过任何一道水瀑？——奔流的河水来到河床陡然下降处，湍急的水流霎时化成一片看似凝止的光滑镜面，一缕缕纤细的水草在其下若隐若现，被向下冲激的水柱拉得笔直，只是偶然传来一阵几难察觉的颤动？棺木厚厚的玻璃底下就躺着一束束纤长的金纱线，扭转回旋地塞满了整个空间，弄得小裁缝一时以为自己找到了一箱黄金纺纱，是要拿来织成金缕衣用的。但他再定睛一看，即刻辨出掩在缕缕金丝底下的一张脸庞，一张他所能梦得到、想象得到的绝美脸庞：一张苍白的小脸，金色的长睫毛衬着苍白的双颊，还有一张同样苍白的绝美小嘴。金色长发像件披风似的遮覆她的全身，只有掩在脸上的发丝仍随着鼻息微微起伏，好让小裁缝确知她还活着。他并且还悟到——毕竟故事向来总是这样进行的——他的奇遇便是拯救棺中的睡美人，最终还娶得佳人归。但她是如此的美丽而平静，小裁缝几乎有些不愿扰乱眼前的一切。他只是在脑中纳闷着，她究竟是如何来到此地的，她在这里多久了，她的声音听起来如何等等，千千万万个荒谬不合时的问题；而她只是缓缓地呼吸着，扰动着颊上的缕缕金色发丝。

然后他看到了。就在棺木的侧边，没有明显的裂缝或罅隙，完完整整的，像个绿色的冰鸡蛋似的，一个锁孔。他即刻明白这就是他那把神奇精致的玻璃钥匙发挥真正功用的时刻了；他轻叹一声，将钥匙滑送入锁孔，等待着接下来将会发生的事情。钥匙融化在孔内,与玻璃棺柩融成一体,霎时之间棺木表面只是一片若无其事的平滑完整。突然,噼啪一声,玻璃裂开了,接着,随着叮叮当当的奇异铃声,玻璃棺井然有序地迸成一根根冰柱般的长形裂片,叮铃铃地落地,然后消失。睡美人悠悠转醒,一双眼睛如长春花,又如夏日晴空般湛蓝深邃;小裁缝明白自己接下来的任务:他凑过身子,在那绝美的颊上悄然留下一吻。

"一定就是你,"女郎说道,"你一定就是那个我等待已久的人儿,那个能为我解除魔咒的人儿。你一定就是我的王子。"

"噢不,"咱们故事的主人翁说道,"这你可就错了。我不多——也不少——就只是个巧手艺匠,一个裁缝,正在寻求一份能让我一展长才的工作机会,老老实实的工作,但求个温饱。"

女郎开怀地笑了,嗓音经过多年的沉默禁锢,这会儿正响亮亮地充塞了整个厢房,连玻璃碎片都被震得像堆破铃铛般叮铃作响。

"你将不虞匮乏,永生不虞匮乏,甚至阔绰有余。只要你能带我离开这个地方。"她说道,"你看到那座封在玻璃中的美丽城堡了吗？"

"确实看过了，并深深慑服于那不可思议的神妙手工。"

"那不是出自任何雕工或模型艺匠的作品，而是魔法巫术。那城堡原是我的居所，那森林、那青青草原亦为我所有；那是我曾徜徉漫步的地方，和我亲爱的哥哥一起——直到那一夜，那名黑艺师登门请求收容，以躲避外头的恶劣天候。我有个双胞胎哥哥，他就像白日般俊美，像幼鹿般温柔高贵，像新鲜的面包与奶油般坚实健朗。我是如此地热爱有他陪伴在我身边，一如他热爱我的陪伴一般；我们于是立誓终身不婚，一起平静地住在这城堡里，镇日打猎，玩乐，度此一生。但在那个狂风呼啸的夜里，这名陌生客头戴着湿淋淋的帽子，身穿着同样被雨水打得湿透了的披风，脸上挂着微笑，叩上门来。我的哥哥殷勤地敦请他入门，以炖肉与美酒款待他，为他准备了一张床铺，与他一同欢唱，玩牌，促膝坐在炉火前，畅谈天地。我并不高兴，甚至有些忧伤——哥哥竟如此陶醉于他人的陪伴之中；于是我早早便回房了，睁着双眼躺在床上,聆听窗外西风绕着角楼打转,长嗥悲鸣。一阵子之后,我竟也昏昏沉沉地睡着了;不知过了多久,我被一阵奇异而曼妙的乐声给吵醒了,一阵阵拨弄琴弦的美妙乐声仿佛来自四面八方。我坐起身,试着想辨清乐声的来处或原由,却只看到寝室的门慢慢地打开了,而他,那个陌生客,就大步跨进我房里;他身上的雨水这时倒是已经蒸干了,只见他顶着一头卷曲的黑发,脸上则挂着令人不安的笑容。我试着想移动身子,却怎么也动不了,仿佛全身都给上了镣铐,连头也被箍住了。他告诉我他并无恶意,说他只是个魔术师,那乐声就是他变出来的;他说他想与我共缔婚盟,与我和哥哥一起长住于此,白首偕老。我说——我这时倒是可以开口答话了——我无意结婚,只想与亲爱的哥哥共度此生,不容他人涉入。他说事情恐怕由不得我了,不管我的意愿为何,他都要娶我为妻,还说我的哥哥也作如是想。我们等着看吧,我说,四周的隐形乐器依然兀自响个不停,叮铃叮铃地轻唱着,而他则大言不惭地答道:'你会看到的,但你将无法开口说出任何有

关这里发生的事情的话语，因为我已经施了魔法，就好比我已亲手截断了你的舌头一样。'

"第二天，我试着警告我的哥哥，但事情果如黑艺师所说。当我试着开口谈及此事时，我的双唇就好比被针线密密地缝合了，而我的舌头则全然动弹不得。但我倒是可以开口请他将盐罐递过来，或是谈论诡谲的天候；因此，无论我是如何地懊恼沮丧，我的哥哥却都未曾察觉任何异状。他开开心心地与他的新朋友出门打猎去了，留我一人在家，独坐在壁炉前方，满心徒然的忧虑，满心徒然的恐惧。一整天我就那样坐着，直至向晚，当城堡在草坪上投下了长长的影子，当太阳已失去威力，晕黄而冰冷地垂挂在天际时，我知道了，真真切切地知道了，不幸的事情必定已然发生。我于是狂奔出门，一路冲进黑暗的树林里。就在那里，我遇到了迎面而来的黑法师，一手牵着马匹，另一手则牵着一只高大的灰色猎犬；那猎犬有着一张我毕生所见最最哀伤的脸孔。他告诉我，我的哥哥突然离去了，很久很久——不知会有多久——都不会回来了；他还说哥哥将我，以及城堡的一切都交给了他，这个陌生的魔术师。他快活轻佻地诉说着这一切，仿佛毫不在乎我相不相信。我说我绝对不会屈服于如此的不公不义；我很高兴听到自己的声音，镇定而自信地吐了这番宣言，因为我原本担心他会重施故伎，再度缝住了我的双唇。就在我说话的当儿，一颗又一颗豆大的泪珠从灰猎犬的眼眶里不停地滑落下来。我即刻明白了，我想，那猎犬就是我亲爱的哥哥，被魔法变成了这副可怜而无助的模样。我顿时勃然大怒，我说我永远也不会乐意主动地接纳他进到我的屋子里，甚至是靠近我。他说我倒是识破了这点，他确实不想在我百般不愿的情况下来碰我。他说，如果我允许的话，他愿意努力争取我的接纳。我说，这是永远不可能的事，你不必怀抱任何希望了。这时，他也生气了，威胁说要让我永远无法开口说话。我说，失去了亲爱的哥哥，我早已不在乎自己置身何处，也早已没了开口说话的意愿。然后他就说了，我倒是想看看，在玻璃棺里待上一百年后你是否还会这么认为。接着，他挥了挥手，城堡就渐渐缩小，变成了你现在看到的这个模样；

他又挥了几下手,城堡就给圈在如你所见的玻璃帷幕里了。而我那些自城堡中仓皇逃出的家仆们,那些男仆与女佣,也被他缩小,拘禁在一个个玻璃瓶中。最后,他终于将我锁入了那副玻璃棺中。而现在,如果你愿意接受我的话,请与我一起逃出这里;动作要快,因为黑法师随时都可能会出现——他会不定期前来查看我是否已经愿意让步屈服。"

"我当然愿意接受你,"小裁缝说道,"你是我应允的奇迹,我那把融化了的玻璃钥匙解救了你,而且,我已经深深爱上你了。倒是你,你又何必一定要接受我呢?难道只是因为我打开了那副玻璃棺?当你——如果你——终于恢复原来的身份与地位,而你的家园、土地与仆人也终于回归你所有时,我希望你能完全遵循自己心意,自由地作出选择;如果你想的话,大可终身不婚,维持独身。对我来说,能见到你那头长发织成的超凡金色细网,能用我的嘴唇轻触过你那精致无瑕的双颊,我愿即已足矣。"当然啦,我最亲爱而单纯的读者们,这时你们不妨自问:咱们故事主人翁的这番话,究竟是出于高贵宽容呢,还是狡诈的成分多了些?——毕竟,女郎先前曾提及自愿献身云云;毕竟,那城堡与花园是如此地华美堂皇,任何人说什么也都会想在那里度过余生的(虽然它们现在不过只有别针、细线、指甲、顶针一般的大小)。美丽的女郎这时羞红了脸,一抹灿烂的红云悄然飘上了雪白的双颊,低声喃喃说道,魔咒就是魔咒,而一吻——在玻璃棺被成功击破后接受的一吻——就是一吻,代表着誓言与承诺,管他是自愿还是不由自主。正当两人针对他们微妙的处境进行着客气文雅的辩论时,石室入口处传来一阵杂沓的声响,其中还伴随着轻盈悦耳的拨弦乐声;女郎霎时花容失色,只说是黑法师来了。而咱们故事的主人翁一时也成了惊弓之鸟,因为小灰人从没跟他提过对付此般不测的因应之道。但他想,我必须尽我所能保护她;因为我亏欠她许多,也因为毫无疑问的,不管是福是祸,正是我把她从沉睡与沉默之中唤醒过来的。他身上除了从不离身的针线与剪刀之外别无长物,但他急中生智,想到了散落在地上的玻璃裂片。他于是俯身拾起了其中最长、最锋利的一片，用皮制工作裙将一端紧紧裹住，充作剑柄，然后站在原地，屏息以待。

黑法师赫然出现在入口处，黑色的长披风还不住地起旋打转，脸上则挂着恶意袭人的微笑。小裁缝浑身打战，手里紧握着玻璃裂片，以为眼前的对手随时都可能会神奇地袭过来，或者是会用魔法将他的双手冻结住。但黑法师只是如常人般跨步向前，小裁缝于是趁着他伸手碰触女郎的当儿，死命地将玻璃片往他的心脏刺去——玻璃片深深地刺进了黑法师的胸部，法师应声倒地。然后，就在两人惊恐的目光注视之下，倒在地上的一团身子迅速地萎缩，变形，到最后只剩下一小堆灰色的碎屑与玻璃结晶。女郎轻轻地抽噎了几声，然后开口说道，现在小裁缝已经两度拯救她了，无论怎么说，他都是值得她托付终身的对象。话毕，女郎双手合十，霎时所有的人与物全都腾空而起——男人、女人、城堡、玻璃瓶、尘灰——下一刻，原班人马就又都落了地；在那个萧瑟的山坡上，小灰人与猎犬奥图正好整以暇地等在那里。而你，我睿智的读者，想必早已料中了：猎犬奥图确实就是女郎的兄弟变成的。女郎于是双膝落地，拥住大灰狗毛茸茸的颈子，不住地悲泣。而当她的泪珠碰上了自这只灰色巨兽颊上滚落的泪水时，魔咒解除了，灰狗变成一个英挺的金发青年，身上还穿着当年的猎装。久别的兄妹展臂拥抱对方，紧紧地，久久不能自已。此时，咱们的主人翁就在小灰人的协助之下，用两根来自公鸡与母鸡的羽毛，轻触了那座装着城堡的玻璃球体，然后，在一阵奇异的隆隆声响中，城堡恢复了原来的大小形貌：那些宏伟的台阶，那些数不清的楼台门窗。接着，小裁缝与小灰人携手一一打开了那些玻璃瓶罐，瓶里的液体气体伴着一声叹息泉涌而出，随而幻化为人，男人与女人，管家与看守员，厨子与女佣，一个个全都满脸困惑，搞不清楚自己怎么会站在这里。女郎向哥哥娓娓道来，诉说着小裁缝是如何地将她自沉睡中唤醒，杀了黑法师，赢得了她的芳心。年轻人应道小裁缝也曾亲切地对待他，他们三人应该就此共同居住在城堡里，从此幸福快乐地生活下去。果真如此，他们三人从此便一直过着幸福快乐的日子。青年与妹妹外出到林子里打猎时，小裁缝就待在城堡温暖的炉火前——毕竟他的志趣并不在此——等着在傍晚时迎接兄妹回家，三人方才共度愉快的夜晚。这样的生活也非全无缺憾：一个艺匠若不着手创作艺品可就什么也不是了。小裁缝于是要人送来最精致的丝绸与五彩丝线——唯一的不同是，此时他再也不必为了卑微的温饱而工作了；如今他操作刀剪针线，纯然只是为了那份乐趣与满足。

死灵湾的故事

Gode's Story

曾有这么一个年轻水手,一个一穷二白的小伙子,除了一身的胆识与一双明亮的眼睛——那可**真是**双明亮的眼睛哪——以及诸神赋予的力量之外,还真是别无长物;不过,这也就足够了。

他称不上是村里任何一个女孩的理想对象;在村人的印象中,他不过是个毛躁轻率的穷小子。但相信我,那些女孩儿们可乐得看到他哪;她们尤其爱看他跳舞,看他那双长腿,那双灵巧利落的脚,还有那快活的一张嘴。

尤其是磨坊主人的女儿,一个美丽庄重而骄

傲的女孩儿，裙子上还镶着三条深色的丝绒缎带。她可是打死也不愿让他发现她爱看他，从来就只是趁他不注意的时候，偷偷地瞄上一眼。很多女孩其实也是一样。事情向来都是如此。有人总是受到注目；有人想尽办法想要受到注目，直到为自己招来厄运为止。上帝造人本如此，美丑不由人。

他总是来来去去的，这个年轻人，那些漫长的海上旅行才是他的心之所向。他曾与鲸鱼共游，直至世界的尽头，再重入翻腾激荡的海域；在那里，一群群潜游的巨兽宛如沉没的岛屿，而美人鱼手持魔镜轻声吟唱，一身闪亮的绿鳞，一头曼延的长发——如果故事皆可尽信的话。他总是第一个爬上桅杆，使用渔叉也总是无比精准，但他还是一穷二白，因为钱都落到船主口袋里去了，于是他依然总是来来去去。

他来的时候，总会坐在村子里的广场上，畅谈旅途所见种种，而人们也总会凝神细听。磨坊主人的女儿也来了，骄傲而矜持地；年轻人见她站在人群边缘聆听，于是高声说道将自东方为她带回一条丝缎带，如果她愿意接受的话。她不肯应答，也不置可否，但年轻人还是识破了她的心思。

于是他再度出发，在一个遥远的国度里，从一个丝绸商人的女儿手上拿走了这么一条缎带。在那个国度里，女人们拥有金澄澄的皮肤与黑色绸缎般的头发，但她们也爱看他跳舞，看他那双长腿，那双灵巧利落的脚，还有那快活的一张嘴。年轻人告诉丝绸商人的女儿，当他重返时，将带着缎带一同归来，还会将它装在一个洒了香水的纸盒中。就在下一场村庄舞会中，他将缎带交给了磨坊主人的女儿，说道："这就是你的缎带。"

她的心可跳得紧哪，相信我，但她正了正颜色，只是冷冷地问道这缎带多少钱。那是条美丽的缎带，泛着彩虹色泽的丝缎带，是这里的人从没见过的。

年轻人只觉深受侮辱。那是他要送她的礼物哪！于是他便说了，缎带原主曾为失去缎带付出了代价，而她必须对等付出。她问道：

"那是什么？"

他说:"无眠的夜晚,直到我再度归来。"

她说:"这代价太高了。"

他说:"这就是缎带的代价。你得照着付。"

于是她也就照着付了,相信我。他看得出她的心意,但一个伤了自尊的男人只想报复,于是他也就报复了。这也是因为,她曾看过他跳舞,而她的人与心终得为了他的自尊与舞姿而受到内外的煎熬。

然后他说了,如果他真的再度离去,在远方找到了未来,她可愿意等候他,等候他再度归来,再向她的父亲提出婚事的请求。

她答道:"如果我答应你,我就将会在无数场漫长的等待中耗尽一生。因为每个港口都有女人在等待着你;在每个码头,随着每阵微风吹来,都有一条缎带随风翻飞起舞。"

他说:"你会等我的。"

她不置可否,没有说明她究竟会不会等他。

他说:"你是个性情刚烈的女人。但我会回来的,你终会看到的。"

随着时间的过去,人们渐渐发现她的美貌失

去了原来的颜色；她总是拖着脚步，佝偻独行，也总是低着头。而且她愈来愈臃肿了。她养成了到港口等待的习惯，凝望着入港的船只；虽然她从不曾开口问起，但每个人都知道她来到这里的原因，也知道她在等谁。但她始终不曾开口。她倒是数度被人瞧见独自爬上了岬角，圣母堂的所在；去祷告吧，应该就是，虽然从没有人亲耳听到过她的祷辞。

又一段时间过去了。无数的船只来了又去，其他的则早已连船带人遭到大海的吞噬。一天，磨坊主人觉得自己似乎听到谷仓传来一阵不明的声响，或许是猫头鹰，或许是猫咪；总之，他赶到时谷仓里却什么也没有，只有少许留在干草堆上的血迹。他于是高声叫唤女儿，而她死白着一张脸，一边揉着眼睛，恍若还在睡梦中，也来到了谷仓。磨坊主人说："干草堆上有血迹。"她说："你大可不必将我从酣睡中叫醒，就为了告诉我谷仓里有狗杀死了一只大地鼠，或是猫吃掉了一只老鼠。"

众人看她白着一张脸，倒是站得笔直，手里

还拿着烛台,所有人就又回到屋子里去了。

然后,船终于归来了。船一入港,年轻人便一步跳下船,急着看她是否正在岸边等待。她不在那里。这些日子以来,无论在大海何处,他总能在脑海中看到她,那影像随着日子过去而愈发清晰:那张骄傲清丽的小脸,七彩缎带迎风飘扬,在岸边,等待着。但她却不在那里。他心中的柔情顿时烟消云散。但他不动声色,只是微笑着,亲吻过在岸边迎接他的女孩儿们,随即快步回到了他位于小丘上的家。

不久后的一天,在街上,他瞥见了一个沿墙踽踽独行的苍白人影,拖着脚步,蹒跚走在暗影之中。他一时没有认出她来,而她也只想就这样悄悄走过他身边,因为她已经变了一个样。

他说:"你没有来。"

她说:"我不能。"

他说:"你还是没变,在街上流连。"

她说:"我已经不是原来的我了。"

他说:"那又怎么样?你就是没来。"

她说:"你或许不觉得怎么样,但对我来说,一切都已经变了。时间已经过去了。过去的就过去了。我得走了。"

她走了。

那个晚上,他与金妮共舞。金妮是铁匠的女儿,有着雪白的牙齿与肉嘟嘟、如玫瑰花苞般的一双小手。

第二天,他在山丘上的小教堂里找到了磨坊主人的女儿。

他说:"和我一起下山去吧。"

她说:"你有没有听到,那一双双小脚,赤裸的小脚,正在跳舞?"

他说:"没有。我只听到海浪拍击岸边,只听到微风沙沙吹过草原,只听到风信标随风吱嘎转动。"

她说:"整晚,他们就在我的脑海中不停地跳舞,跳啊跳,好让我不睡觉。"

他说:"和我一起下山去吧。"

她说:"但,你听到他们跳舞的声音了吗?"

就这样,事情僵持了一个星期,或许是一个月,或者是两个月也说不定。总之,年轻人继续与金妮共舞,也继续往小教堂跑,磨坊主人的女儿却始终不曾松口,给的答复永远是同样一个。到最后,年轻人终于失去了耐心——对任何一个鲁莽而轻率的俊小子而言,这样的结果并不出人意料——他说:"我等了你,虽然你不曾等待我。现在就跟我走吧,不然,我就要离你而去了。"

她说:"我怎么能跟你走,如果你听不见那跳舞的声音,我怎么能跟你走?"

他说:"那好,你就留在这里,跟你那跳舞的小东西在一块儿吧。显然你爱它胜过爱我。"

她没有回答,只是聆听着海浪、微风,还有风信鸡送来的消息。

于是他娶了铁匠的女儿金妮。婚礼上,他狂舞不息,伴随着笛声与隆隆鼓声,他腾跳飞跃,用他那双长腿,那灵巧利落的脚,还有那开怀笑着的一张嘴;被他带着满场腾跃翻飞的金妮则喘吁吁的,一张小脸涨得通红。外头的风愈刮愈烈,云朵吞噬群星。但他们还是好好地上了床,肚子里老实装了好些苹果酒,将外头的风起云涌关在门外,偎在一床羽绒被褥里,翻云覆雨。

磨坊主人的女儿跑到街上,身上只穿着单薄的长底衫,赤着一双脚,跑过了大街小巷,一双手向前伸去,直像个正在追捕母鸡的女人,口中还不住叫喊着:"等等我,等等我啊。"有些人宣称,他们曾看到一个裸身小童,在她前方舞动腾跳着,一会儿向这,一会儿又向那,一边还频频用小小的手指打着手势,一头蓬乱的头发活像一团炽黄的焰火。有些人则说,那不过就是一些被风卷起、在街道上起旋打转的尘土罢了,里头或许夹杂几根头发或是小树枝。磨坊的小学徒则说,他之前曾听到阁楼里传来奇异的声音,赤裸的小脚啪嗒啪嗒地又跑又跳,持续了数周之久。几个老太婆与一些涉世未深的小伙子说,他八成是听到了老鼠。但小学徒反驳道,他这辈子老鼠可见多了,还分得出什么是老鼠什么不是,人们还常夸他是个灵光的小子哪。

就这样,磨坊主任的女儿追着那个舞动的小人儿,穿过了街道与广场,直直上了山丘的小教堂,一双腿让带刺的黑莓丛扎得皮破血流,却始终伸长了两条胳臂,叫嚷着:"等等我,等等我呀。"小人儿却一路舞去，一个鲜活的影儿转啊跳的，一双小脚蹦过了卵石与草地，而她一路追去，让风吹得鼓胀胀的裙子扰得她脚步都跨不稳了，昏花的眼睛也早已看不清去路。就这样，她一步跨空，嘴里还不断叫嚷着："等等我，等等我呀！"她坠落悬崖，在底下那些尖锐的巨石上断送了性命。人们趁着退潮取回了她的尸体，浑身是伤口与淤青，可想而知不是让人愿意多看一眼的景象。

但当年轻人闻讯跑到街上，看到她残破的尸身时，却一把握住她的手，说道："这都是因为我信念不坚，不愿相信你。现在我听到了，那个跳舞的小东西，我清清楚楚地听到了。"

而可怜的金妮，打从那天起就再也不曾自她的婚姻中获致任何乐趣。

那一年万圣节的夜里，他在床上突然惊醒过来，小手轻拍声、小脚踏步声自四面八方向他传来，一个忽隐忽现的声音轻轻呼唤着他，用的却是他游遍四海也未曾听过的语言。

他起身翻开被褥，那个小人儿就站在那里，赤裸着身子，因寒冷而泛蓝，又因温暖而泛着蔷薇色泽，看起来既像一尾滑溜的海鱼，又像夏日绽放的花朵。小东西甩着头，舞动着身子，翩然离去。他随后紧追，追呀追地一路到了死灵湾。夜色虽然清明，但整个海湾却笼罩在一层薄雾之中。

白花花的浪头自大西洋一波波袭来，一波又一波，一波又一波——他看到那些死者亡灵，乘浪自另一个世界而来，苍灰枯瘦，无力的双臂高举身前，起起落落，随波逐流，凄厉地尖声哀号，呼唤着。舞动的小人儿一蹦一跳，脚步不曾稍停，终于将他引到一艘头朝大海的小船上。他一脚踏进船里，随即发现小船上挤满幢幢鬼影，看不见，摸不到，但着实塞满了整个空间。

他归来后向村人描述道：数不清的亡灵哪，在船上，在海上，使他不觉陷入窒息的恐慌之中。他们无影无形，紧紧包围住他，声声凄厉的悲号自浪头上不断传来，仿佛天空与海面全都布满了密密麻麻的鸟影，每一抹鸟影都是一个亡灵。

然后，他对着舞动的小人儿说道："我们该划这小船出海吗？"

小人儿静静的没有回话。

他说:"历尽如斯艰辛后,我满心恐惧。但若这艘小船能将我领向她,我愿无畏前往。"

小人儿终于开口了:"再等等。"

他想到她,想到她就在前方的海面上,混在那群亡灵之中。那苍白纤瘦的小脸,那干瘪的胸脯,那饥冻的小嘴。他呼唤着她。"再等等啊。"她的声音如回音般凄凄切切地响起。

"再等等啊。"

他挥动双臂,扰乱了密布空中的缕缕亡魂;他试着拖动他那双原本灵巧利落的脚,但在这布满亡灵的甲板上,一切是如此沉重,他怎么也动不了,只有一波波海浪来了又去,来了又去。他说他曾试着投身入水,却怎么也无法动弹。于是他伫立至黎明,感觉亡灵一波波涌来后又退去,聆听着那阵阵悲鸣,还有那个小人儿,在风中一阵一阵地说着:

"再等等啊。"

第二天清晨,年轻人回到村子里,却已成了一个颓唐丧志的男人。他和那些老人坐在村里的广场上,一个正值盛年的男人,却垮着一张嘴,歪着头,口中只是不断喃喃重复着两句话:"我听到了,清楚地听到了","我等着",此外绝无其他。

然后,在两三年,也或许是十年前,他突然抬起头来,说道:"你听到了吗,那小东西,正在跳着舞哪。"众人答说没有啊,但总之他进屋去了,把他的睡床铺得平平整整的,叫来了邻人,又将他水手箱的钥匙交给了金妮,然后摊直他瘦伶伶的残破身躯,仰躺在床上,说道:"终究还是我等了最久,但现在我听到那脚步声了,小东西不耐烦了哪,我倒是耐心等了这么久。"到了午夜,他说道:"欸,你可终于来了。"说完,他便合上眼,死了。

那房里充满了苹果花与苹果熟透的香气哪,金妮说。后来,金妮嫁给了村里的屠夫,为他生了四个儿子与两个女儿,一个个全都机灵健壮得很,就是舞跳得不好,怎么也跳不好。

大公主的故事

The Story of the Eldest Princess

从前从前,在一个位于海与山,森林与沙漠之间的王国里,住着国王与皇后夫妇,以及他们的三个女儿。他们的大女儿苍白而沉默,二女儿肤色铜棕而活泼外向,至于三女儿则活脱脱是个典型的出生于安息日的娇娇女,娇小,聪颖,善良而快活——人们纵对她有所寄望,到头来也只是希望她快快活活地度日就可以了。

大公主出生的时候,如虎尾草般湛蓝的天空里飘浮着朵朵慵懒蓬松的白云。二公主出生的时候,蓝空中缀着缕缕灰白色、状如雌驹尾巴的稀疏云朵，以极快的速度咻咻掠过天际。而小公主出生的时候，万里晴空一望无际，湛蓝的天幕里没有一片云朵，叫人不禁出现幻觉，以为那片浩瀚的蓝幕让阳光给镀上了一层闪亮的金雾。

  但是，在她们真正出落成标致的女郎之前，事情却起了重大的变化。在她们还是襁褓中的婴孩时，曾有那么几次，在暴风雨来袭的前夕，黄昏的天空竟给染上了一抹如海水，又如海草般的幽幽蓝绿。稍后，连黎明也一并起了变化：在如青花鱼般的银绿色天幕上，缀着斑斑点点深浅不一的绿色——从酸橙绿，到玻璃水瓶绿，再到孔雀石与玉石的翠绿。当公主们进入情绪诡谲多变的少女时期时，这斑斑点点的绿色更是镇日霸占住天空，硬是在灰蓝色的天幕里画上了各式变化多端的绿色调：青铜赭绿、翡翠绿，乃至于最淡最淡的猫眼石绿，甚至也如那多彩的猫眼玉石一般，在绿中泛着一丝隐约的火红。起初，人们只是张大了嘴巴，站在路上或田野里，啊呀哇的，情不自禁地赞叹着，一派着迷的模样。然后，有一天，一个小女孩对她母亲说道，天空已经连续三天没有出现蓝色了，她好想看到蓝色的天空。小女孩的母亲要她耐住性子，蓝色会再回来的；果然，约莫一个月之后，天空再度恢复成蓝色，或该说几乎是蓝色，但也只有短短几天的光景，那蓝色便又斑驳地蒙上了——人们这会儿可觉得这像是某种不祥的预兆了——斑斑水绿。接下来的日子里，蓝色的天空愈来愈少见，而绿色则愈发显得变化多端；终于，事态渐渐地明朗了起来：蓝色已经不再是天空的主要颜色，而是某种崭新的绿色，某种淡淡的，四平八稳的，介于先前被人们形容为苹果绿、草绿，以及洋齿绿的颜色。但当然，衬着这碧空洒下来的光线，不论是苹果、草地还是洋齿植物的颜色都早已走了样，就连柠檬与柑橘也发生了某种诡异而朦胧的变化，至于罂粟、石榴与成熟的辣椒就更不用说了，那变化来得更是断然而激烈。

到了这步田地，原先还对这异象深深着迷的人们也不禁骚动了起来，并正如天下子民一般，随即将矛头转向国王与皇后，将青空的失踪全都怪到了他们头上。他们派了请愿团入宫，其他人则聚集在皇宫前面的广场上，三五成群地窃窃私语着，愤愤不平而满腹牢骚。国王与皇后先是和彼此讨论过，确定了彼此都不该为此异象负责，但两人心中还是惴惴不安；这毕竟是人性，不论发生了什么事，哪怕是天灾，人们总以为人类——不管是自己，还是别人——便是一切的起因，总有人该为发生的事情负责。于是他们求教于总理大臣、教士、几位将军代表，甚至是女巫与术士。大臣无计可施，倒是建议王国该设立一笔紧急基金，以备不时之需。教士则不改其色，规劝众人坚忍克己，并少碰扁豆，多吃莴苣。将军们则认为对东方邻国发动攻击或许会有所助益，一来算是找到责怪的对象，二来则可借由战事来转移人民的注意。

女巫与术士大多建议遣人远征，甚或是派出一整支远征队。其中有一位德高望重的男巫，素来寡言，也甚少插手世事，但过往许多国家大事一旦交到他手中也总能逢凶化吉；这回他终于也走出隐居的山洞，并且说道，事情的解决之道，在于遣人沿大路前去，穿越森林，横过沙漠，到深山里取回那只世上无双的银鸟以及它那以白杨树枝筑成的鸟巢。那银鸟，他补充道，被关在山林怪人戒备森严的花园里；在那里，银鸟喝的是来自生命之泉的甘露，并由密不透天的毒荆棘丛与无数齿含剧毒的巨蟒重重包围，守护。他还说，究竟要如何闪避或闯过这重重机关，沿途自有转折，端看个人造化；他现在唯一能给的忠告便是，沿着大路走，在森林、沙漠，以及上山的路上，切勿随意转入岔路，并切记随时保持恭谦有礼的态度。说完，他便又回到了山洞里去了。

国王与皇后于是召开了内阁会议——与会者包括国王夫妇、三位公主、总理大臣，以及一位年迈的女爵——并借以作出定夺。总理大臣建议遣人远征，因为这不但是个必能得到民众认可的积极举动，同时也不至于干扰到国家内政。二公主自愿前往，而女爵则沉沉睡去。国王说他认为事情既然要做，就得按着顺序来做；大公主年纪最大，对蓝天的记忆必定也最为深刻，所以他认为该由她来执行这项任务。究竟对蓝天的记忆为何会成了最终决定的要件，也没人知道，总之大公主说了，如果这就是会议的结论的话，她愿意当天就动身。

于是大公主出发了。他们给了她一把剑,一只永不干涸的水壶(那是另一次远征带回来的战利品),以及一袋撑不了多久的面包、鹌鹑蛋、莴苣与石榴。众人聚集在城门口欢送她踏上征途,一个号手往前头那片无人之境吹送了几个清亮的音符,一位大臣则送给她一张地图;那地图上有着几处模糊粗略的色块,尤其是在沙漠地区——在那里,即使是固定的路径也常会一个不小心就让狂风飞沙给吞噬得无影无踪。

大公主沿着大路疾步前行。有那么一两次,她以为自己看到了一个老妪的身影,就在前方的路上,但那身影稍纵即逝,好一会儿都不会再出现,大公主就连那究竟是同一个人,还是几个不同的人都还来不及看清楚。无论如何,不管那是一个,还是数个老妪,她或她们总是出现在遥远的前方,也总以超乎寻常的速度前进。

森林沿着大路两旁向前无尽延伸。边缘处隐约有着一些青绿色的空地,几条骑马小径,再往外则是一片墨绿色的阡陌纵横。树梢鸟儿啁啾乱鸣,却是只闻其声。偶尔有几只蝴蝶自空地飞来,有的纤小绯红，行色匆忙，有的如子夜般深蓝近墨黑，悠闲飞掠；还有那么一次，飞来了一只巴掌大的蝴蝶，一双闪亮的薄翼近乎透明，后翅中央还有着一对金色的翎眼。这小东西沿着大路鼓翼翱翔，在公主身前身后盘桓了数分钟之久，却始终不曾跨越森林与大路之间那道无形的界线。当它终于转向朝着树影斑斓的森林深处飞去时，公主心头一阵冲动，几乎想跟随着它，走在那片柔软的草地与苔藓之上，但她知道自己不可以这么做。她这会儿感到有些饿了，虽然她身上还带着那只永不干涸的水壶。

她脑子里禁不住地打着转。她天性好静不好动，喜欢阅读远胜过旅行；而这意味着两件事：其一是她在这片静谧的新鲜空气中，还颇能怡然自处；其二则是她曾在闲暇时读过无数的故事，其中还包括了数则有关肩负重任、出发远征的王子或公主的故事。这些故事的共同点，她自忖，是一套固定的模式：前两个较年长的王子或公主信心满满地出发，随即因故遭逢厄运，一败涂地，不是给变成了石像，就是被监禁在暗无天日的地窖里，或是中了魔咒长睡不起,直到第三个王子或公主前来拯救——故事里的老三总能掌握一切机缘,成功解救老大与老二,最终并圆满达成任务。

她心想,如果这就是她无可避免的命运,她可一点也不会喜欢自己白白蹉跎掉七年光阴。变成一尊石像或是阶下囚。

她又想,她当然可以始终保持警戒,对路上遇到的任何人或物始终以礼相待——故事里的大公主们往往都是因为傲慢无礼或过度自负而遭逢到厄运。

但这一路上她并没有遇到任何人可以让她以礼相待;除了那个,或数个老妪,但她或她们却总是偶尔出现在遥远的前方,行色匆匆。

她想,我这会儿可是陷在一个既定的模式里了,我怀疑我根本无力挣脱。我将面临考验,也势必将无法通过考验,最后还会被变成石像,度过七年漫长岁月。

如此叫人泄气的念头恼得公主不得不在路边找了一块大石头,暂时坐下来,抽抽噎噎地哭了起来。

突然,这石头说话了,一个微弱、干瘪而粗嘎的声音。"放我出来,"它是这么说的,"我出不来呀!"那声音听来怒气冲冲,暴躁不安。

公主吓得跳了起来。"你是谁?"她惊呼,"你在哪里?"

"我被困在这石头底下啦。"那声音说道,"我出不来呀。帮我把这石头搬开!"

公主双手小心翼翼地放在大石头上,使劲一推。石头底下的泥地上有一个小坑,一只巨大的蝎子就被卡在那里,动弹不得,浑身蒙着一层灰,两只钳爪还挥个不停,尾巴看来是受了伤。

"刚才是你在说话吗?"

"就是我。是我在尖叫。你可是搞了老半天才终于听到。我那时正躲在这个舒服的小洞里纳凉,谁知在你之前的一个过客不偏不倚地就往这石头重重一坐,夹伤了我的尾巴。哪,看到没?"

"很高兴我能帮上你的忙。"公主说道,倒是站得远远的,以防不测。

蝎子没有搭腔,只是忙着想要爬出小洞。它拱起身子,随即又颓然放下,嘴里老大不高兴地喃喃诅咒着。看来它伤得不轻。

"要我帮忙吗?"公主说道。

"我可不敢奢望你会治疗像我这样的伤口。不过,你倒是可以把我带到森林边缘,在那里,我或许还有望可以遇到那个能够治愈我的人,如果我运气够好的话。我看你刚才还一把眼泪一把鼻涕的,跟其他过客一个模样。"

"我身负重任,正在远征途中;我得找到那只世上无双的银鸟和它的白杨树枝鸟巢。"

"这样的话……找片大型的羊蹄草叶片,把我放在上面,然后你就可以走了。我看你赶路赶得可紧哪。"

公主举目四望,寻找羊蹄草叶,心里一边纳闷着,不知道这蝎子是否就是她的第一个考验,不过反正她也无望通过了。她抹去另一颗泪珠,伸手从路边的一棵树上摘下一片看来最为坚韧的叶片。

"很好。"这暴躁的小东西说道,一边举高了上身,张牙舞爪的,"快,我恨死这个小洞了。对了,你刚才在哭个什么劲儿啊?"

"因为我怎么也不会是那个成功达成任务的公主,而是那两个失败者之一。你是没有逼得我非得对你不礼貌不可啦,虽然我发现你自己的举止也实在不怎么样;你甚至还没谢过我帮你搬走了那块大石头呢,你只顾着指使我做这做那的,连个请字都不曾出口,也没顾虑到人类并不喜欢接近蝎子。"

她边说边将叶片挪近蝎子,并尽可能小心地用一根小树枝协助它爬上叶片;那蝎子只是不耐烦地扭着,蠕动着身子。她将它放在森林边缘的草地上。

"大部分的蝎子,"它观察道,"多得是事情可以做,才懒得去乱蜇人呢。除非是你们人类一脚先踩到我们,那我们当然就不得不回敬一记啦。不然就是我们被关到了密闭的盒子里,给吓破了胆的时候。除此之外,我们才没空去招惹你们呢。"它低头沉思了一会儿。"还有就是,当我们的尾巴给压烂了的时候。"它丧气地加上了一句。

"那是谁,"公主客气地问起,"那个你认为能治愈你的人是谁?"

"哦,她住在森林的另一头,是个非常有智慧的女人。她会知道该怎么办的,只是她鲜少走出家门。话说回来,她又何必出门呢?她的小屋里一应俱全,该有的都有了。当然,如果你正好要往**那**走的话,倒是可以拎着我走上一程,直到我复原了为止。但显然你正忙着赶你的路哪。再见。"

公主哪儿也不赶着去;她纹风不动地站在原处,思考着。她说道:

"这故事我也读过。我决定送你一程,然后我就问你啦,你不会蜇我吧?你就说啦,不会的,我才没那兴致蜇你呢。结果在半路上你果然蜇了我,即使那只会让我们两败俱伤。于是我问你,你为什么要这么做呢?而你的答案是——那不过是我的天性罢了。"

"你书倒是读得不少嘛,如果我们**真要**同行一段的话,你绝对可以跟我说上许多深富教育性的故事。但我不得不跟你指出一点:我根本**不能**蜇你。我的尾巴早给压坏了。当然你还是会处处防着我,怕我。你们人类向来如此。不过反正你就是要沿这条大路走下去,不往东也不往西。

再见。"

公主打量着眼前的这只蝎子。在那层尘土底下,它的外壳是闪亮亮的蓝黑色,长长的钳爪,细细的脚,身子一节一节的,像串黑玉项链。那两只钳爪向前伸去,在头顶围成一个半圆。一双眼睛却埋在一团乌黑里,根本抓不到它的眼神,很是让人局促不安。

"**我**觉得你长得很好看。"

"当然啰。我行动敏捷高雅,外形精巧复杂。我倒是很惊讶你竟然看得出来。"

公主没怎么专心听它最后的这番话。她心里千头万绪。她终于开口说话,大半却像是在自言自语:

"这故事对我这么不利,我**大可**出走,寻我自己的路去。我**大可**就这么离开这条路,到森林里寻找属于我自己的奇遇。反正对这项任务来说,这根本也不会造成任何差别。我反正注定要失败,然后下一个公主就会接着出发。当然,除非我因为离开这条大路而让人给变成了一尊石像。"

"我想这不太可能吧。"蝎子说道,"而且你可以帮上**我**的忙，如果你决定这么做的话。我也听过不少故事，而根据那些故事，热心助人是绝对错不了的。"

公主望进森林深处。在一片绿空底下，绿色的枝叶迎风摇曳，飒飒作响，一派诱人的模样。而那满地的柔软苔藓看来也迷人极了，尤其是在漫天尘土的沙石路上走过了一整天之后。公主弯腰倾身，拾起了叶片与蝎子，然后小心翼翼地将它放进了原本装着食物的篮子里。接着，她负气似的一蹦一跳，离开大路，走进了森林。蝎子指点她往西南边走，还说她如果饿了的话，它倒是知道几处早熟的黑莓丛，以及一根长满野菇的腐树干。他们于是出发寻找食物，而公主虽然满嘴都让黑莓汁给染黑了，却**似乎**没怎么吃饱。

他们继续往前走，马不停蹄地；一路走在拱形的树荫底下，许多蝴蝶绕着公主的头顶翩翩飞舞，有的还大胆地停在她的头发与肩膀上。然后他们来到了一处绿荫蔽天的林中空地，满地都是长满苔藓的树桩与交错的枯根——就在那堆盘根错节底下，公主锐利的眼睛捕捉到了某种挣扎与骚动。她停下脚步，执意看个究竟，却听到了一个微弱而嘶哑的声音，嘎嘎地说道：

"水，求求你，给我一些水，如果你听到了的话，给我一些水啊！"

某个浑身覆满沙石的东西正在那里徒劳地又爬又跳的，四条可怜兮兮的腿和一个鼓胀的小肚子。公主双膝落地，跪在地上，充耳不闻蝎子愠怒不满的嘶嘶声。那灰头土脸的小东西睁着一双骨碌碌的眼睛，盯着她看，一张大嘴止不住地颤抖，勉强对她吐出了一个字："水！"公主急忙取出那只永不干涸的水壶，往那张大嘴里倒水，顺便也冲洗掉了它身上的沙土：一只浑身布满凸疣的金绿色大蟾蜍赫然映入眼帘，头上还顶着一个不寻常的大肉瘤。蟾蜍打了个嗝，指头因这突降的甘霖而不住地伸展开来。沙石冲刷殆尽后，公主这才看清了蟾蜍头上有着一道血淋淋的伤口。

"啊，你受伤了！"公主惊呼道。

"我落入恶人手中，"蟾蜍说道，"那家伙不知从哪听来，以为我头上的肉瘤里藏着价值连城的稀世珠宝。所以他决心要把它挖出来。当然，这不过是个传说罢了,人类八成是从某种喜欢在自己头顶与皮肤底下钉入一些彩石的怪物那里听来的。我不过是个血肉之躯罢了。还好我的皮肤带点毒性,那家伙的手指不久就红肿发痒,我就赶紧趁机逃脱了。但我想我恐怕撑不到找到那个能够医治我的人的时候了。"

"我们正朝着她家的方向前进。"蝎子说道,"你愿意的话,倒是可以加入我们。公主的午餐篮里还有一些空位。"

"我当然愿意啦。"蟾蜍说,"但她可别奢望我会变成一个英俊的王子什么的。我不过是只好看的蟾蜍,我是说在我惨遭毒手之前。我就是只好看的蟾蜍,不会是别的。"

公主用一根树枝帮着蟾蜍也爬进了午餐篮里,然后再度起程,穿越森林,一路按照蝎子指示的方向。一行人一步步往林中幽暗深处探去,渐渐开始失去了方向感,忘记自己置身何处,又是否真要往哪里去。公主有些累了,但篮中的蝎子与蟾蜍不断地促着她继续前进,趁着夜色降临之前尽可能地多赶些路。就在这片蔓延开来的幽暗之中，她差点就一脚踩在一团小东西上——那小东西乍看之下像坨线团，滚落在一丛荆棘的根部之间。

公主停下脚步，弯腰察看。**某个东西**给胡乱地缠在一团纠结的黑色细棉线里了，这会儿正拖着那团缠绕的线头，在沙地上挣扎着前进。她索性蹲下身子，看个究竟；她发现那原来是只巨大的昆虫，有脚，有翅膀，还有一个肚腹，却全都给黑线拉扯纠缠得变了样。从小在皇宫里长大的公主自然从未看过这样的一只大虫。

"那是一只蟑螂。"蝎子观察道，"我还以为聪明强悍如蟑螂者，是不可能牵扯入这种灾难之中的咧。"

"那些黑线是捕鸟人设下的陷阱，原是要用来捕捉鸣鸟的，"蟾蜍接着说道，"结果却抓到了这只大蟑螂。"

公主设法解开了一些拖曳的线头，但有些线结却已深深地嵌入了蟑螂的身子里，她不敢轻举妄动，就怕弄巧成拙。大黑虫静静地停在沙地上，让公主细细察看，翻动。它一语不发。公主说道：

"你就跟我们一道走吧。我们正好要去找一

个能够为你疗伤的女人。"

蟑螂抖动了一下身子。公主于是把它拎起来，也放进了篮子里。那蟾蜍吹毛求疵地将身子挪远了，而蟑螂了无生气地坐在那一坨错综复杂的线团中，动也不动。

他们就这样连续赶了好几天的路，愈往森林深处探去。几个小东西指点公主上哪儿去找充饥用的核果、香料草、莓子以及各种野菇；这可是公主凭自己绝对找不到的。有一次，他们听到远方传来了某种像是人类在吹口哨的轻快声响，其中还伴随了鸟儿的啼叫声。公主一时被引得就要往声音来处走去，但蝎子出声阻止了她，说那是捕鸟人的口哨声，目的是要引诱不知情的鸟儿入网。公主虽然不是鸟儿，但一想到那个骇人的画面，心中还是会陡然升起一股莫名的恐惧；于是她听从蝎子的指示，从一旁悄悄溜走了。又有一次，也是远远地，公主听到了粗哑高亢的号角声，不禁想起了宫中曾举行过的那些狩猎大会；年轻朝臣举弓射下一只只野鹿、野兔与飞禽，而未婚仕女们则鼓掌叫好。公主再次想要朝那声音来处走去，也再次受到劝阻。尤其是那可怜的蟾蜍，一听到号角声就吓得全身都变了色，瑟缩成灰扑扑像泥巴似的一团，在篮子里呱嘎呱嘎地说道：

"是那个猎人，"它说道，"就是他用猎刀切开了我的肉冠。他总是会将一堆飞禽走兽的冰冷尸体串成一串，背在肩头，行过树林；也可能只是为了取乐，便任意将箭头瞄准树丛里任何一只闪亮的眼睛，然后任由它躺在原地流血死去。你可千万不要接近他哪。"于是公主加快脚步，往隐秘的荆棘丛里走去，任由那尖刺拉扯着她的头发，撕破了她的衣裳，划伤了她细致的臂膀与颈子。

然后，有一天的近午时分，公主听到了一个响亮清澈的声音，从一处空地传来的歌声；于是她藏身在树丛里，向外窥视：那是一个肤色铜棕的高大男子，裸着上半身，顶着一头乌黑的鬈发，倚在长长的斧头上，放声高唱：

> 来吧来吧成为我爱
>
> 分享我的小屋我的床
>
> 清晨至黄昏任你轻唱

搅拌奶油烤面包

夜里躺在我的臂弯里

在那鹅绒羽被下。

公主几乎就要一步走出藏身处——那笑容是多么地快活诱人,那肩膀是多么地英挺俊美哪——就在此时,篮子里传出了一个干瘪微弱的声音,活像是木屑刨花似的,接着唱了下去:

然后你就擦抹刷洗

双手鲜血流臂膀僵如铅

我来鞭你背

拳头落顶上

再对其他女孩儿献歌唱

好让她取代你位,在你死去后。

"是你在说话吗?"公主耳语道。蟑螂窸窸窣窣地答道:

"我住过他的小屋;脏兮兮的,到处都是空酒桶与破酒瓶。他喝醉了就会胡乱殴打妻子,他的小花园里埋了前后五任年轻的妻子。人不是他亲手杀的，他喝醉了甚至还会为她们流下几滴伤心泪；但她们就是失去了求生的意志。离那樵夫远一点，如果你还珍惜你的生命的话。"

公主只觉难以相信，毕竟那樵夫看来是如此开朗快活的人。她甚至还想到，那几个小东西当然不会乐见她与其他人类在一起，并因而耽搁了正事；但无论如何，它们的警告还是触动了她，促着她继续未竟的旅程。于是她再度悄悄地溜走了，而那樵夫浑然不知她曾听到他的歌声，曾看到他站在那里，倚着斧头，看来无比的俊美。

一行人行色匆匆，继续往森林深处走去，而公主却开始感到愈来愈强烈的饥饿感；她尤其渴望着面包与奶油，或许是受到樵夫唱的歌的影响吧。莓子尝起来愈来愈无味了，而随着树林愈来愈密，野莓也愈来愈稀少。那蟑螂看来奄奄一息，或许是让刚才的那番发言耗尽了它最后一丝气力。公主担心着它的安危，愈发奋力赶路，而蝎子与蟾蜍则不时抱怨着她的粗鲁笨拙。然后，一天傍晚，当靛青的天幕终于换上了几近墨黑的松青色时，蝎子忍不住哀求公主停下脚步，就地过夜，它的尾巴已经疼得它受不了啦；而蟾蜍也接着哀求公主再在它身上倒一点儿水。公主从善如流地停下来，倒了些水给蟾蜍，帮蝎子张罗了一张新叶片，接着开口说道：

"有时候，我会想，我们可以就这样——似乎正要往哪里去，其实又不然——闲晃度日，了此余生。"

"这样一来，"蝎子用刺耳的声音说道，"我的余生恐怕就来日无多了。"

"我试着想帮忙，"公主说道，"但或许我根本就不该离开大路。"

就在这当儿，那窸窸窣窣的声音再度响起：

"你往前走，左转，再左转，然后你就会看到了。如果你现在就走的话。"

公主于是拾起篮子，将鞋子重新套回肿胀不堪的脚上，向前走去，左转，再左转。然后她看到了，透过前方的矮树丛，一丝摇曳的光线，黄澄澄，暖洋洋的。她快步前进，终于看到在遥远的前方，在一条布满纠结的树根与尖锐砾石的小路尽头,在一扇几乎要隐没在树丛里的窗子后方,一根蜡烛正缓缓燃烧着。而虽然在备受呵护的一生中,她从未在黑暗中如此风尘仆仆地赶过路,她却即刻明白了——带着满心的希望、温暖与解脱感,以及一丝丝挥之不去的恐惧——眼前的景象正是她之前无数的夜行旅客也曾看过的——唯一的差别仅在于背景的颜色:他们看到了子夜蓝,她看到的却是子夜绿——而不论是迷途的返乡人,还是寻找歇脚处的过客,他们的心头也必曾感受到这番相同的撼动。

"这不是樵夫的屋子吧?"她问。蟑螂叹了一口气,答道:"不。不。这就是最终的小屋,我们要去的地方。"

公主于是投身向前,迫不及待地,连跑带跳,转眼来到了小屋前方。那小屋是用长满苔藓的石头盖成的,屋顶覆着石板瓦,屋檐低矮,坚实的木门前方还铺着白色的台阶。屋顶烟囱冒出缕缕炊烟,一股好闻的木头燃烧味儿扑鼻而来。公主突然心生犹疑——毕竟她已经习惯了独处,也习惯了一路的追寻,马不停蹄——但她还是毅然地敲了敲门，退一步，等着。

前来应门的是一个老女人；她穿着一件朴实的灰洋装，一张尖削的脸上布满错综复杂的细纹，宛如一张用她的往事织成的蛛网，坚毅而亲切，此刻还正挂满微笑。她有着一双锐利的绿眼，半覆在泛紫的眼皮下方；而她那一头铁灰、亮银与雪白交错的美丽长发则编成了一条麻花辫，像顶皇冠般地盘在头顶。门一打开的时候，公主几乎让迎面而来的食物香气给熏得晕了过去：刚出炉的面包、肉桂苹果派、草莓馅饼，还有那烤得恰到好处的焦糖味儿。

"我们一直在等你哪。"老女人说道，"过去这一整个星期，我们每晚都会在窗台上为你点亮一根蜡烛。"

她接过公主手中的篮子，请她进门。壁炉里堆满熊熊燃烧的柴火，底下还铺着厚厚一层炽红的灰烬；一张白色的木头长桌旁则放着几张上了深色油漆的椅子。公主还注意到另一件事：小屋里到处都是眼睛，映着火光，一闪一烁，一明一灭。壁炉台上、大钟里面、架上的餐盘后方，到处都是一双双晶亮的眼睛,有的黑如乌玉,有的绿如玻璃,有的褐黄如琥珀,有的甚至粉红如蔷薇。公主原以为地上铺着一块花斑地毯,但定睛一看后,才发现那原来是一大群窸窣窜动的生物:蛇与蚱蜢,甲虫与黄蜂,家鼠与田鼠,幼鸮与蝙蝠,鼩鼠与螳螂。也有一些体型较大的动物:猫、老鼠、袋狸、幼猫,以及一头白山羊。小屋里满是低沉微弱的声响,和谐安详而生气勃勃,或是叽叽喳喳,或是嘶嘶沙沙,仿佛在欢迎着她。一具纺锤静静地躺在一个角落里,另一个角落里则矗立着一架织布机;一个装满七彩毛线的篮子旁边随意放置了一件织了一半的披巾,老女人显然是放下了手头的工作,前来应门。

"你们一个需要食物,"老女人说道,"三个需要治疗。"

于是公主坐下来,安心享用美味浓汤、新鲜面包、上头缀着一层奶油的水果馅饼,以及满满一杯酸涩的苹果酒;而老女人则将那三个受伤的小东西放在桌上,以她的方式来治疗它们。她治疗的方式是,让伤者重述一遍自己受伤过程的故事，她则一边用微小的羽毛刷与小骨针在伤口上涂抹软膏与药水。她趁着蝎子喋喋不休的当儿，抚平了它的尾巴，以夹板固定住；她擦拭蟾蜍的伤口，再以细如蛛丝的线细细缝合；她取来两把极小的钩子与镊子，悉心解开了缠绕在蟑螂身上的黑线。然后她要公主也说出她的故事，公主也就尽力照着做了。她重回顿悟自己注定失败的那一刻，娓娓道来；她模仿着蝎子急躁刺耳的嗓音，蟾蜍低沉的咕哝，以及蟑螂那气若游丝的窸窣耳语。她将森林的险恶带到温暖的炉火边，猎人的弓箭，捕鸟人的陷阱，樵夫的巨斧，屋内众兽闻言无一不瑟瑟发抖。而公主一边诉说，一边只感到一股无上的喜悦，一种只有说故事的人才能感受到的喜悦——让故事历历在目、栩栩如生地重现，找到正确的字眼，甚至，如公主那般，在摇曳的壁炉火光与映在墙上的昏黄烛光中，打出手影，模拟林中树影与角色身形。她的话声一歇，屋里就响起了各式喝彩声，合一的鼓翅声、以爪击地声，以及各种窸窣吱喳的声响。

"你是个天生的说故事好手。"老女人说道，

"你非但能够察觉自己被困在了故事里,并且还能看出自己可以扭转情节,让它变成另一段故事。而且你还拥有一份不凡的洞察力,了解自己受到了诅咒——其实这又何尝不是一种幸运——而这尤其丰富了你的故事,让它变得更加机趣盎然,是任何情节都比不上的。有的年轻女郎根本会对动物们的警告充耳不闻,执意随那樵夫而去,非得自己亲身去经历上一回不可;她们这么做也许是聪明,也许是愚蠢:这反正是**她们的**故事。但你选择听从蟑螂的劝告,拂袖而去,来到了这里——在这里,我们收集故事,编织故事,能修补就修补,不能修补就再详加调查,只是平平静静地过着日子,从不汲汲营营意欲扭转乾坤。在这里,我们没有自己的故事,我们自由自在,百无牵挂,就像任何一个早已自凡俗世事中解脱出来的老女人一般,不必去烦忧那王子或王国种种,只是自在起舞,对森林万物保持关注。"

"但是……"公主欲言又止。

"但是什么?"

"但是天空依旧是绿的,而我负有任务,我说这故事只是在为自己找借口开脱。"

"绿色是个美丽的颜色,深深浅浅的绿色无一不美,我是这么认为的。"老女人说道,"在这里,它为我们带来欢愉。我们讴歌赞颂它,编织绣帷记录碧空万种风情。蝾螈与蜥蜴因它而添了颜色,蟑螂因它而感到身心舒缓。万物为何非得一成不变不可呢?"

公主一时乱了心绪,只是怏怏不乐。屋内众兽纷纷凑了上来,安慰着她,企图说服她留在小屋里,就此平静度日;而这其实也是她心之所向,因为她一踏进小屋里,就觉得自己终于找到了归宿,一个能让她摆脱一切牵挂羁绊、自在生活的地方。但她还是担心着天空与其他公主。然后,蟑螂开口了,扬声央求着老妪:

"告诉我们剩下的故事吧,告诉我们故事的结局,公主的故事还没完哪。"

它这会儿显然是觉得好多了,原本被紧紧捆住的身子终于得以舒展开来,几乎已经能够随意弯曲扭动了。

"嗯,"老女人说道,"这是大公主的故事。

但，诚如你所言，缺了下头两位公主的故事，大公主的故事也称不上是大公主的故事了。所以呢，就让我来说完剩下的故事吧——或者，我该说是可能的故事，因为许多事情可能，也真会发生，故事是会变的，非如历史已成定局。你可以相信我接下要说的，关于二公主与三公主的简短故事，也可以选择不信。"

"故事说出来的当儿，我总是信的。"蟑螂说道。

"你是个睿智的生物。"老女人说道，"故事的用意即在此。至于后续，我们且静观其变。"

二公主的故事

大公主既然迟迟不归，二公主于是接着踏上征途。一路上，她也遇到了相同的问题、享有相同的乐趣，然后她坐在同一块大石头上，顿悟自己被困在相同的故事里。但她是个意志坚定的女郎。

她决定智取困境,最终也果然在经历无数险境奇遇后,成功带回那只世上无双的银鸟与鸟巢,回到她父王的宫殿。年迈的男巫要她点燃白杨树枝,火烧银鸟;虽然她心存疑虑,却在决心驱使下,依言点燃鸟巢。大火吞噬了银鸟,但一只灿烂夺目的鸟儿随即自烈焰中振翼而起,拖着一条火红的尾巴飞掠天际,霎时万里一片湛蓝,恢复了原本的模样。后来,二公主就在父母驾崩后,登基为女王,成为一个英明睿智的君主,但人民还是牢骚不断,因为他们想念那片时而温顺、时而激越的澄绿天空,那是他们一度举目可见的。

小公主的故事

至于第三位公主呢,她趁着火鸟飞掠天际的当儿,溜进了果园,心想着,现在我哪儿也不必去了。我没有什么一定得做的事,我可以做任何我想做的事。我没有故事。她突然对周遭的一片空旷感到一阵眩晕，这可不是什么令人愉悦的感觉。这时，一阵莫名的微风向她迎面袭来，吹乱了她的头发与衬裙，进而吹得蓝空里满是纷飞的碎花瓣；小公主只觉自己仿佛也给吹捧上了天，就像那漫天的樱桃花瓣。然后，她看到一个老女人，手里拿着一个篮子，就站在果园入口处。她向她走去。她一在老女人面前站稳了脚步，老女人就开口了，直截了当：

"你并不快乐，因为你无事可做。"

公主即刻了解到，这是一位睿智的老女人，于是她恭敬地答道事情确实如此。

"我也许能帮得上忙，"老女人说道，"也许不。你可以看看我篮子里装的东西。"

篮子里躺着一把魔镜，公主可以在里头看到她今生的真爱，不论他正置身何处，也不论他正在做些什么。除此之外，篮子里还有一架神奇织布机，公主可以用它编织出一张张活灵活现的绣帷，挂在皇宫厢房的墙上，仿佛它们是停满鸣禽的密林，或是向前无尽延伸的森林小径。

"或者，我也可以给你一条魔线。"老女人说道。公主依然犹豫不决。她并不想看到她的真爱，此刻还不想，还不到时候；他会是好几段尚未开始的故事的**结局**。而她也不想要魔幻森林；她想看到真正的森林。于是她看着老女人自草地上拾起一截线头，看来像是小蜘蛛行经清晨天际时所留下的游丝，长长的，肉眼几乎难以辨识。但这线头却如亚麻线般坚韧，如蚕丝般纤细；老女人使劲一扯，只见那绷紧的魔线向前延伸而去，出了果园，越过草坪，进了树林，然后消失在视线的尽头。

"拾起线头，沿着它走，"老女人说道，"看看它能将你带到何处。"

那魔线闪耀着光泽，迂回地向前延伸；公主开始小心翼翼地将它缠绕成一团，再走几步，再缠，再走，渐渐地，公主走出了果园，越过了草坪，直直地进了森林……啊，那可是另一段故事了。

"告诉我，"公主向老女人说道，当掌声与喝彩声暂歇之后。月光在墨绿的天幕里绽放光芒，听罢故事的众兽纷纷发出昏昏欲睡的窸窣声响。

"告诉我,那是你吗,在森林里,在我前方的路上,行色匆匆地赶着路?"

"在任何一段旅程上,总会有这么一个老女人,出现在你的前方,出现在你的后方。不总是同一个人,不总是同一种人;她们有的和善,有的满怀恶意,有的令人如沐春风,有的令人心生畏惧。而路途百转千回,你只能加快脚步,循它而去。是的,你前方是我,后方也是我,但不只是我,也不只是我现在的模样。"

"我很高兴能和现在的你一起在这里。"

"这话算是为今天的故事画上了句号。睡吧,明天的故事自有其转折。"

于是他们都上了床,沉沉睡去,直至阳光再度划破天际,为青苹果绿的天幕添上了一道道泛着草绿色泽的金光。

龙 息

Dragons' Breath

从前从前，在一个小山村里，住着一户人家，那人家中的二子一女名字分别是哈利、杰克与伊娃。那是一个被崇山峻岭包围的谷地，村子就位于一处低矮的斜坡上，再往下的谷地最深处则有着一个湖泊，浅滩处如水晶般清澈透明，湖心则是一片深不可测的墨黑。浓密黝绿的松林遍布山脊，但村子却给包围在一片缀着点点野花的草原、果园，以及玉米田之间——那玉米田虽称不上是什么肥沃的良田，倒也还能供给山村所需。至于长年冰封的山巅则是一片无人之境，只有皑皑雪原远远地闪烁微光。顺着山坡而下,是一道道平行的凹槽,直像是某种巨大的犁所深耕出来的垄沟。在英格兰某些地区的山丘上,此般沟槽并不算罕见,也往往被形容为古代巨龙蠕动所留下的痕迹;在这些地区的居民之间,往往也流传着一则传说,说是在某个古早的时代,曾有数条巨虫自山巅缓缓而降,并在它们行经的路上留下了深深的垄沟。在无数的夜里,在无数的炉火前方,曾有无数的父母,以权威而狎玩的口吻惹得无数的孩子们又惊又恐:巨龙浑身裹在炽焰里,自山巅嬉闹着翻腾而下。

哈利、杰克与伊娃并不怕巨龙;真正能引起他们内心深深的恐惧的,是枯燥与无聊。山村的生活是一个固定的循环,一代过一代,周而复始。出生,陷入爱河,为人父母,为人祖父母,死亡。这是个封闭的山村,村民之间多少都有着血缘关系;外在的世界是如此地遥远,难以到达,一年之中也只有在夏季月份才会有少数几个贸易商人偶尔来访。与世隔绝的小山村唯一的特产是某种传统手工织毯;村民们以现有植物萃取染料,再以手摇织机一疋疋纺织而成，色彩因而也相当有限——血红、略泛绿光的深蓝、土黄，以及炭黑。至于图样也只局限在几种传统设计，鲜有创新：枝叶繁茂的大树，上头结着石榴之类的果实，蹲踞枝头、貌似雉鸡的鸟禽，不然就是抽象的几何图形——纵横线条交叉处缀着大小圆形，线条是一色，圆形是一色，底下衬的又是另外一色。编织毯子多半是女人的工作，她们同时也负责煮饭洗衣；而男人则负责照顾牲畜，耕作田地，以及吹奏乐器。那是此地村民独创的乐器，某种乐声哀凄的管箫，是别处见不着的——虽然村里的居民未必有此眼界，能意识到这一点。

在这户人家里，哈利负责照顾猪只，而杰克则负责松土、播种与收成。猪圈里有一头被唤作鲍里斯的小公猪，特别地受到哈利的宠爱；小公猪古怪精灵得很，老是能用计逃脱，或是出乎意料地挖出深埋地底的松露。但纵使有调皮的鲍里斯陪伴，哈利心头的百般乏味感还是未曾稍解。他梦想着远方的城市，那川流不息的人潮，形形色色，熙来攘往。杰克喜欢看到他亲手播种的玉米自土里冒出头来，葱绿的嫩芽衬着黑黝的泥土，他还知道上哪儿去找上好的牛肝蕈与野生的蜂蜜，但这一切也并不足以舒缓他心头的乏味感儿。他梦想着那些环绕在华美宅邸四周、围在高墙里头的花园，精心雕琢、纯为欣赏用的花园。他还梦想着那些狂野激昂的舞蹈，让身子随乐声尽情摇摆，而那伴奏的乐器更是他至今只曾耳闻其名的：齐特琴、班戈鼓、三角钢琴、管钟。

伊娃编织毛毯。恐怕连在睡梦中都能操作自如哪，她想，而她确实也常织着织着就闪了神，醒来却只发现自己依然陷在一成不变的工序里，一拉，一捻，经线，纬线，经线，纬线。她梦想着未知的鲜奇色彩，妃紫、嫣红、青绿与亮橘，繁花与珍禽的色彩，柔软的丝绸与坚韧的棉布。她梦想着一个年纪稍长的伊娃，身穿绯红银亮的华美衣裳。她梦想着海洋，那是她无从想象起的；她于是梦想着咸咸的海水，却只尝到了自己焦急渴望的泪珠。她并不真的擅长编织，她老是将纱线扯得太紧，图样花色皱成了一团，但这却是她分内的差事。她想要成为一个旅人、一个水手、一个饱学的医生、一个歌剧演员,在华丽绚烂的舞台灯光照耀下,接受观众的忘情喝彩。

猎人们关于高山上出现速度异常缓慢的雪崩的目击描述,或许就是一切的端倪。或者,也可能如一些村民事后宣称的,一切就肇始于那几次出乎寻常的艳丽璀璨的日升与日落。总之,村民们开始隐约听到某种奇异的隆隆爆裂声,从积雪终年不化的山头上传来的。这声响引起了不少讨论,正如他们向来总会巨细靡遗地讨论各种或奇怪、或寻常的声响;村民们滔滔不绝地重复着千篇一律的内容,恼得杰克与哈利非得咬牙切齿才能强忍下这股厌腻之感。一阵子之后,事态终于渐渐明朗了起来:村子上方的山头正夜以继日地冒出晃动的浓烟,灰蒙蒙的,带点鲑鱼肉般的橘红影儿,偶尔还会零星地爆出一阵阵赤金色的火花。这颜色说来还真称得上是好看哪,村民们一边站在自家门前,一边与邻人频频点头称是;一道道鲜亮的色带不断划过蓝灰色的烟雾阵仗,随即消逝无踪。在这团燃烧的烟雾下方,白霭霭的积雪渐渐消融,露出了底下光秃秃的灰色巨石,上头还蒙着一层晶晶亮亮的水汽。

想来村民们打一开始心头就不无恐惧吧：他们可以清楚地看到，一场剧变正在酝酿，一切都在动，都在变，火与水，土地与空气。但这恐惧混杂着各种不同的情绪：蠢蠢欲动的兴味，好奇，甚至是欣赏——当然，他们事后对此颇感羞愧。狩猎队往这奇景的方向出发而去，归来后历历指证整片山头似乎都正在移动，正在沸腾燃烧，而浓浓弥漫的灰尘、烟雾与水汽却让他们怎么也看不透到底发生了什么事。就村人所知，围绕村子四周的这几座高山并非火山，但人类短暂的生命又怎能勘透这片自浑沌以来即存在的大地哪！于是他们啧啧称奇，他们纳闷不已，争论不休。

又过了一阵子之后，村民们观察到山峰顶端出现了六块隆起，直像是巨人拳头的指节似的，划破那片原本空无一物的平滑天际，远远看来约莫有大型仓棚或是小型房屋的大小。接下来的几周，那隆起缓慢而规律地向下滑行，一路烟雾弥漫，火星四溅，未曾稍歇，也未曾改道，只是直直地沿山坡向下滑行。每一团隆起的后方各自拖曳着一条长形土墩，又像是巨大的田埂，自山巅，自村民世居的封闭世界的边缘，势如破竹却又异常缓慢地袭来。

几个勇敢的青年出发前去探勘，却让一层遮天蔽日的滚烫水汽与漫天洒下的火星燧石给逼退了，最后只得无功而返。另外还有一对好友，两个胆识过人的猎人，就此一去不回。

一天，一个妇人站在她的小花园里，喃喃说道："这简直不像是山崩哪，倒像是几头巨兽怪虫，顶着圆滚滚的大头往咱们村里匍匐而来。那一颗颗光秃秃、颤巍巍的巨头，前端顶着突起的喷嘴，一身的丘疹脓疱与螺纹，泥泞黏糊的脸上还镶着一双双恶狠狠的红眼睛，十二只射出红光的眼睛哪，看到了没，还有十二个毛茸茸的鼻孔，就在那团灰泥喷嘴的前端哪。"然后，在一番对话、比较、指指点点与生动描述后，所有的人都看到了，一切也正如妇人所言，六颗臃肿垂晃、丑恶狰狞的大头，拖曳着六条巨大的身躯，约莫有通往邻村道路的长度，蹒跚艰巨，甚至是痛苦挣扎着向下攀行，虽然极度缓慢，但也未曾间歇。

当那几条大虫又接近村子了些——它们前进的速度缓慢如在梦中，几乎让人以为一切只是出于一己的想象——人们终于可以辨出那一张张大嘴，阔如鲸颚，一排排利齿状似镰刀，如骨角，又如燧石般坚硬锋利；就是这样一张张骇人的大嘴，一路搜括吞噬，所到之处无一物得以幸免——树丛、篱笆、干草堆、果树、几头山羊、一头黑白相间的母牛、一整片池塘以及其中所有的生物。它们大举搜括，大口吞噬，一阵飕飕簌簌的声响过后，一切就化成了细细的烟尘，或是从它们口中喷洒而出，或是沿着它们嘴角蜿蜒淌下。巨兽一路下行，那阵烟尘就成了前导，笼罩前方的房舍花园，窗子全都蒙上了厚厚的一层灰，水井也纷纷遭到掩埋。那烟尘并且发出浓浓恶臭，无以名之、难以言喻的扑鼻恶臭。起初，村民们只是一边喃喃抱怨，一边设法拭去灰尘，但不久后他们也就放弃了，任由那烟尘四处堆积，任何清理的企图都只是徒劳。他们开始心生畏惧。一切发生的速度是如此的缓慢，以至于曾有那么一段时间，那恐惧毫不真实，毫不迫切，甚至还带着那么一点儿挑逗的意味，直到那份真切、直令人瘫软无力的恐惧涌上了众人的心头——那时，巨兽已直逼村头，村里的男男女女终于清楚地看到那十二只狰狞的眼睛，湿湿黏黏的眼眶活像是熔化的橡胶，还有那六条火红的舌头。教堂壁画中的巨龙口吐一条条宛如华丽的绯红旗帜的火舌，但村人眼前的这六条骇人火舌却完全不是那么一回事，也与大天使手中燃烧的宝剑毫无关联。它们有如熔化的岩浆，松软垂晃，上头覆着一层强韧如皮革的透明角质，厚厚的一层猩红肉疣与味蕾大小有如甘蓝菜，又如燃烧中的煤块，持续发出炽红的亮光；它们口角源源淌下的唾液像是某种硫黄黏液，仿佛来自阴间，散发出令人断念丧志的腐臭，挥之不去，任凭海枯石烂也再无法消除脱去。它们的身形可鄙，犹如爬虫，一拱一缩，蠕动着匍匐前进，缓慢阴沉而所向披靡。它们的脸部巨大无比，让人无法一次尽收眼底，只能胡乱地转动眼珠，一部分一部分地确认。但最糟的还是那股恶臭。那恶臭令人闻之丧胆，由畏惧而恐慌，最后只能瘫在原处，瑟瑟打战，束手就擒，就像是僵在白鼬眼前的兔子，或是蝮蛇跟前的老鼠。

村民们花了太长的时间犹疑讨论。他们议论纷纷，商讨着该如何引导巨虫转向，或是将其摧毁，但这全是些泛泛空谈，了无助益。他们还争论着巨虫前进的路线；它们究竟是会直接冲着村子来，还是会从一边或另一边绕过去。当然，结论不久后便不证自明了：村子自始至终都不偏不倚地坐落在巨虫前进的路线上。但希望会误导人，一如惰性；而向来不动如山、稳如磐石的一切竟会凭空消失，也是很难叫人想象得到的一件事。于是，村民们直到最后一刻才慌乱地决定撤离，惊惶失措地在一片烟尘与恶臭中东奔西跑，随手抓起一样东西，放下，又抓了另一样，骚乱涌动有如蚁窝。他们拎着一堆零星的家当——几袋玉米与铁锅，羽绒被褥与几条熏肉——仓皇地逃入森林，一个个全都让那狰狞的巨兽吓得魂飞魄散。那几条巨虫究竟看到了他们没，倒是个问题。人类也许根本不被它们放在眼里，一如我们头发里的虱子，或是被我们一口吃下的菜叶上的小虫，我们对它们视若无睹，根本不把它们当作一回事。

村民们在森林中的生活不久也陷入了固定的模式里，甚至称得上呆板单调——要知道，人类确实可能在精疲力竭与恐惧惊骇之间的冗长片段中，感受到刻骨的无聊。他们穿不暖，尤其是在夜里，也总是吃不饱；他们的胃部始终隐隐作痛，一来是因为恐惧，二来则是因为粗率的饮食。他们知道自己已经安全地置身巨虫行经路线之外，但他们却依然能够闻到那股恶臭，不论是在梦里，还是在营火冒出的缕缕炊烟里，抑或是在腐叶堆里。他们编派了看守员，日夜从高处观察着村里的动静；他们看到了那几颗巨头持续向前缓缓攀行，也看到了倏然爆出的火花与浓烟，并进而推测又是一幢房舍倒下了。他们眼见着自己的世界遭到摧毁，却只感到厌倦，而那也不过是笼罩他们心头的万般烦忧之一罢了。你也许想问——故事里的骑士上哪儿去了呢？至少也该有几名勇士骑马前去，试着举弓瞄准，或是往那怪兽的眼里送上几发子弹哪。这样的言论确实曾在营火旁被提起，但没有任何英雄应声挺身而出，而这或许也算是明智之举，那几头巨兽怎是区区人类武器所能撼动得了呢。几名老者说道，还是让事情自然过去了好，那巨虫若真给杀死，横尸村中，未必会比活着的时候酿成的灾祸还小。几个老女人则指称，根据古老的传说，巨龙喷出的气息足以瘫痪人心，但当其他村人要求她们提出更实际的建议时，她们却一个个全都噤若寒蝉，哑口无言。这情势直叫人想自我了断哪，伊娃心想，夜夜睡在纠结的树根上，在坚硬无比的地面上，筋骨的酸疼渐渐转成剧痛，怎么说都还是无聊。

哈利与杰克终于随着其他几个年轻人一同出发，往村子的方向前进，试图就近观察村子究竟给蹂躏成了什么模样。他们发现自己正朝着一堵由恶臭烟雾与焰火所围成的高墙前进，数亩之间的玉米田与牧草地全都笼罩在这片烟雾高墙里，再过去则是那几颗高耸如危崖般的巨头，若隐若现。那六颗蠕动的巨头这会儿已经分散开来了，宛如三角洲入海口的汹涌浪头，各自朝一方前进。杰克对哈利说道，照这种呈扇形分散的前进路线看来，村子里恐怕很难有任何东西可以逃过一劫，但哈利则有些心不在焉地答道,那烟雾里好像些动静哪,他接着又说,是猪,是四处逃窜、尖叫不止的猪呢。这时,突然有一只小猪的身影清楚地浮现了出来,又喘又叫的,哈利大叫一声:"鲍里斯!"随即纵身追去。那小猪狂乱地抽着气,霎时又让烟雾给吞噬了身影,后头还跟着哈利;杰克眼睁睁地看着人猪一道化成了一团浅黑色的暗影,接着便是一阵骇人的巨响,吸入,卷入,吞没,然后,又是一阵轰然巨响,一团炽热的水汽夹带浓浓烟雾向他迎面袭来,杰克蹒跚倒退了几步,一时竟像是昏了过去。当他终于回过神来时,只发现自己全身都给覆上了一层黏糊糊的烟尘,而他似乎可以听见巨龙肚子里的液体搅拌沸腾的声响。

一时之间,他只想静静地躺在原处,等着连同玉米田与树篱一起让巨龙吞下肚去。然后,他不知怎么又改变了主意,奋力蠕动着身子,连滚带爬,在自己与巨龙之间拉出了一小段距离。他就这样奄奄一息地躺在一丛荆棘底下,直到几个小时后才终于蓄足了力气,万般艰难地爬起身,回到了森林里的营地。他满心期盼哈利会跟在他身后也回到营地，但哈利始终不见踪影。杰克并不讶异，并不会真的感到讶异。

事情就这么地延宕下去了，一周过一周，一月过一月，空气中依然满是烟尘与灰烬，那股恶臭也深深地渗进了村民们的衣服与皮肤里；终于，那几条令人作呕的身躯慢慢地蠕过了田园与草地，只留下身后那一条条长形土墩，一颗颗裸露的巨石散布在一片不毛之地上。从一座小丘上，村民们远远地看到那几条巨虫，分头齐进地，爬过了湖岸，未曾改变速度也未曾犹疑，直直地滑进湖里去；仿佛上了发条或是其他机械装置，怎么也停不了，又像是受到某种生物机制的驱使——就如上岸一段时间的蟾蜍与海龟，总是得回到水中才得交配繁殖。那几颗巨头一碰触到湖面，那湖水随即翻滚沸腾，嘶嘶喷溅着蒸汽与水花，活像是个无比巨大的锅炉。巨头继续往湖心深处潜去，长长的身子一放一收，蠕着滑着，跟着进了湖里，日复一日，夜复一夜，湖水激烈沸腾，虫身滑过沙地，送入浅滩，愈往深处探去。终于，最后一截粗壮丑陋的尾巴也入了湖，浅滩处依稀可见那一团团蠕动的黑影，黑影渐渐模糊，散去，然后，一如它们莫名地来了，如今终于也莫名地去了——那几只巨虫就这样消失在湖心深处，只留下身后一片寸草不生的焦土，清楚地标记着它们身躯的重量与炙人的热焰。

村民们走出森林，隔着一段距离观望劫后余生的家园；他们举目所见，尽是疮痍：房舍遭到铲平，树木连根拔起，光秃的地面满布狰狞的刻痕与凹槽，灰蒙蒙的一片，余烟袅袅。他们放胆在废墟中来回穿梭，翻弄着砖块与木板，一些人还发现了——总是有人会有所发现——埋在灰烬下的零星物品：一个铜板、半本书、一只变形的锅子。此外，一些原本在最初的混乱中失去了踪影的人们也再度冒出来了，有的被烧掉大半眉毛，有的则被熏焦了脸；也有人再不曾归来。杰克与伊娃一同回到了村子里。起初，他俩毫无头绪，根本辨不清该往哪个方向去；然后，在绕过一堆残砖破瓦后，原以为无缘再见的小屋就赫然矗立在他们眼前，甚至毫发未伤。小屋不远处有一条巨虫行经留下的壕沟，约与花园的围篱平行，但围篱安然无恙，里头的花园、前廊，乃至门窗也全都逃过了一劫，只是蒙上了一层厚厚的灰烬。杰克凑过身子，掀起屋前的一块石头，那是他们向来藏放钥匙的地方——钥匙果然还在，安安稳稳地躺在原处。杰克与伊娃开门进屋，屋内的摆设一如往昔，桌、椅、壁炉、书架，而伊娃的织布机则站在小屋后方的窗边；从那扇窗子看出去，平视可瞭望远方的缓坡，抬头则可见高耸入云的山峰。这时，后门突然传来一阵推撞的声响，杰克闻声开门：那是小猪鲍里斯，歪着一颗脑袋，浑身的皮毛都给烧焦了，不时还传出些许烤肉的香气，一双深陷的小眼睛却闪烁着认出熟人的喜悦光芒。

小猪或是凭借奇迹，或是倚赖运气，总之它逃过了巨龙肆虐的火舌，平安地归来了；而这也点燃了杰克与伊娃心中的希望：他们期盼哈利也能顺利脱险归来。他们就这样怀抱希望地等了好几天、好几个礼拜、好几个月；然后，几年过去了，纵使这期望已经失去了依据，他们还是继续等了下去。

伊娃轻轻拭过她的毯子。它一直被放在小屋后方,而那几扇窗子又是如此的牢靠,毯子上头因而只是积了薄薄的一层灰。她凝望着那些色彩——那红、那蓝、那黄、那黑——仿佛她从未曾见过任何颜色似的,而那股似曾相识的感觉也只是更加挑弄了她心头尝到的喜悦。一个考古学家,就说是在两千年后吧,发现了这个房间、这台织布机与这条毯子,也许会对屋内一切竟保存得如此完好感到无比兴奋,同时也很可能会对这小屋主人的工艺手法起了强烈的好奇,甚至会兴味盎然地借由屋内摆设来想象他们当年的日常生活。伊娃此时便感受到了类似的惊奇与震撼,不论是她自己的作品,还是那些木头、毛料与骨梭的坚毅耐久,或者是毯子上头那棵未完成的大树,蹲踞枝头的雉鸡,以及肥美的石榴,在在都令她赞叹不已。她的内心同时还感到另一股深沉的撼动,为着那画面所呈现的过去:她的过去,她母亲与祖母的过去,也为着那上头所记录的一切:那些自信流淌的吉日良辰,以及那些焦急笨拙的窒碍时刻。杰克也感到了相同的喜悦与惊奇;他来回地走动着,从那扇开向外头满目疮痍的窗子,再走到后方那扇开向屹立不倒的群山的窗子。他俩拥抱着历劫归来的鲍里斯,磨蹭着它潮湿的鼻子与温暖的腰窝。如此的喜悦,如此的惊奇,恰恰是枯燥与无聊的反面,恰恰相反,而许多人也只有在历经恐惧与失落后,才得一识如此滋味。一旦尝到了,我相信,便很难将之抛诸脑后;这喜悦与惊奇总会在一些不经意的时刻,在一些不经意的地方,投射下或是灵光一闪,或是如潮水般泉涌的天堂之光。

村民们重建了他们的村庄,那些偶然幸免于难的林林总总就夹杂在一片崭新的房舍之中;在那些新建的花园里,他们重新种下树苗,幼嫩的花草也昂然冒出崭新的绿芽,崭新的花苞。人们开始传述种种关于那巨龙是如何地自山巅而降的故事传说,而这些故事也恰恰是枯燥无聊的反面。那些巨龙喷洒漫天烟尘,挟带袭人恶臭,一路迤迤逦迤逦，碾压吞噬；如此的惊人，如此的骇人，如此的壮观。他们为故事添加了一些枝叶，也刻意省去了某些情节。杰克讲述着哈利的英勇行径，投身翻滚的烟洋雾海，就为了拯救他心爱的小猪，但他绝口不提那一天天愈形酸楚无望的漫长等待，等待着他的归来。人们赞叹着小猪的机智与历劫归来，但却略去了它最终的命运——毕竟在那段艰苦的重建岁月里，这是它无可避免的命运哪。而这些口耳相传的故事，这些关于苦难与奇迹生还的故事，随着岁月的流逝，最终成了他们后代子子孙孙借以抵抗噬人的枯燥与无聊的神奇魔咒，在在透露着丝丝缕缕的线索端倪，那纠缠于宁和、美丽与恐怖之间的事实真相。

瓶中精灵

The Djinn in the Nightingale's Eye

从前从前，曾有过这么一个时代，男人女人或是乘坐巨大铁翼驰骋天际，或是穿着有蹼胶鞋行遍海底，学习鲸之言与豚之歌；在那个时代里，得州牧人与盛装佳丽的惨淡幻影在尼加拉瓜山村的幽暗巨室中翩然闪烁微光，而严冬时节的挪威与塔斯马尼亚的村民们不仅可以梦想着新鲜草莓、椰枣、番石榴与百香果，同时也能在一觉好眠后醒来，发现它们已好整以暇地等在他们的早餐桌上——就在那个时代里，曾有这么一个女人，一个大抵与世无争，因而能快乐过活的平凡人物。

她说故事，并以说故事为生；但她不是那个聪慧多谋的皇后，时时恐惧死神会随着黎明第一道天光降临；她也不是恶魔，夜夜引着国王穿越阴阳，进入梦乡；她不是浪漫多情的吟游诗人，日复一日吟唱着征服者穆罕默德二世与拜占庭城的掠劫之歌；她更不是托钵僧，穿着短皮裤与皮帽，挥舞着弯刀或木杖，以期让自己的影子看来更加张牙舞爪，更加骇人。她也不是土耳其说书人，游走在奥斯曼宫廷与市场边的咖啡馆之间，活灵活现地诉说着种种神奇故事与传说。她不过是个叙事学者，次等的说书人，日日夜夜埋首于浩瀚书海中，窥探，诠释，解读，那些童年听闻的神仙传说，那些来自成人世界的伏特加酒广告海报，那些传诵了无数世代的冒险传奇，以及那些横受阻挠的爱侣——医生与护士，公爵与贫家女，女骑士与乐手——的风流逸事。除此之外，她也乘飞机旅行。她尝以为，在她那贫乏的年轻岁月里，学者生涯该是枯涩，陈旧而凝止的，而今她早用亲身经历推翻了早年的想法。一年中总有两三次的机会，她得以飞往一些遥远的异国城市——中国、墨西哥、日本，特兰西瓦尼亚、波哥大，乃至南太平洋——在那里，叙事学者们有如一只只饱学的椋鸟，群聚一地，诉说着那些关于故事的故事。

在我接下来要说的故事开始的时候，那原本黝绿的大海早给染成一片墨黑，滑溜有如杀人鲸的外皮；迟滞的洋面则着了火，上头覆着一层舞动的焰火与散发恶臭的浓烟。至于原本空阒的沙漠也给散播了无数枯骨与霰弹筒，挥之不去的死亡阴影。瘟疫无声无息地蔓延过一座又一座的沙丘。在那段日子里，男人与女人们，包括叙事学者，总害怕往东飞，椋鸟大会于是不复多见。然而这会儿，我们的这位叙事学者——她的名字叫作姬莉安·培侯——却端坐一万英里高空，从伦敦正要往安卡拉飞去。谁知道呢，她这份胆识究竟是出于身为英国人的木然冷漠，不真能想象得到人机在高空中被轰成碎片的景况，或者是，虽然她不至于如此缺乏想象力，心中也不无恐惧，却怎么也无法抗拒这趟旅程的诱惑，飞掠伊斯坦布尔那些宣礼塔的上空，自云端俯瞰金角湾、博斯普鲁斯海峡，以及一衣带水、遥遥相望的欧亚两大陆。

统计上来说，飞行是最安全的一种旅行方式，姬莉安·培侯告诉自己，当然，这一趟飞行是那么不安全了一点儿，统计上来说的一点点儿。

她有一组词，专为这种高空独行所带来的微妙快感的一组字。像咒语似的，她喃喃对自己复诵着，而巨大的银色铁鸟缓缓地开始移动，先是切断了与希斯罗机场相连的脐带，然后像只信天翁般摇摇颤颤滑过跑道，腾空而起，往上，再往上，冲破浓得化不开的一层灰色雨幕，英国特有的一片铁灰色云雾，一个水汽翻腾的世界，袅绕的云烟如长肢，如羽翼，又如飞舞的丝带，悄然飘过她身旁小小的舷窗——就在那个散着金光的天蓝世界里，一个始终存在的世界，就在那片罩顶灰雾之上。"飘浮的侈丽。"她自言自语道，啜饮一口香槟，把弄着手中的咸核果，而舷窗外的穹苍兀自铺陈，起伏荡漾的一片皑白，闪熠着金光，暗影处蒙着轻柔的粉红与淡蓝色泽，不变的是太阳源源送来的耀眼白光。"飘浮的侈丽。"她迷醉地呢喃着，银色铁鸟倾过一边，侧身过弯，机舱里的广播器传出一个陌生的男声，宣称法国上空有一团水汽，但很快就会蒸烧掉了，然后他们将可以看到阿尔卑斯山，当时机来临的时候。"蒸烧掉"是组强悍的字眼，她心想，以修辞学的角度看来颇值得玩味，因为水不会燃烧，只会被太阳的光热渐渐蒸化至无形；我正身处于此强悍激越的力场之中。我比任何一个我类的女人都还要接近太阳，任何一个我类的女先人，这是她们甚至无法幻想或梦想到的；我可以直直地望向他的方向，稳稳地停驻在这里，这飘浮的侈丽。

当然，这组词并非她所原创；正如我先前所言，她是个次等的、二手的说书人。这组词语出约翰·弥尔顿，硬生生地给摘了下来，从空中，从重重迂回的语言中。正值创作巅峰的诗人写下了这组文字，用以形容天堂乐园中、那条巧言谄媚的巨蛇的惑人美丽。姬莉安·培侯还记得那一天，这组文字终于首度跃然浮出纸面，盘绕成型，那妖娆的美丽并重重击中了她——当年那个不设防如夏娃的她——的那一天。那年，她十六岁，一个金发碧眼的苍白处女（至少她是如此想象当年的自己的），坐在那张墨痕斑斑的书桌旁，堆满尘埃的桌面上就摊着那本破旧的二手书，黝绿色的书皮，同样布满墨迹的内页，先前曾有几双女性的手，不知算是忠心尽责，或该说是焦急而渴望，总之它们在书页上留下了无数的潦草墨痕，或画线或加注；绿皮大书里外飘散着一股呛鼻的油墨味儿，一股辛辣的漆布味儿，还有那挥之不去、漫天飞舞的灰尘——而它就在那里，那撒旦，那蛇，侮慢蛮横却又无比美丽，就在她的眼前。

> ……非以蛇行前进，
> 只是伏在地上，翘起蛇头，
> 圈圈盘绕，如塔堆叠成
> 层层汹汹上涌的迷宫，头儿
> 高高端起，眼如红玉；
> 翠金色的光滑颈项，昂立于
> 圈绕的锥塔之上，如茵芳草上
> 飘浮着侈丽：那可人的身形，
> 无比的美丽。

曾有那么一瞬间，姬莉安·培侯确确实实地**看到**了，光华四射而晃晃摇摇的一个影像，不是夏娃曾在乐园中见到的那条蛇，也不是曾在失明的弥尔顿天灵盖底下的幽暗黑洞里闪现身影的那条，仅仅是一条蛇，从某个角度来说，就是那条以文字构成、随之跃然纸面的彩蛇。就这样，在孩提时代，她曾数度确确实实地**看到**了，那些野狼、那些巨熊、那些小灰人，就站在她的房里，或是她父亲沉入假日午后小寐的那张扶手椅前。我这算是离题了，或该算是正要离题。我提起那蛇（我也亲眼看过它，在我自己的过去里）是为了要说明一下培侯博士那句呢喃所为何来。

在她还是个学生的时代里，姬莉安·培侯曾学着去解析"飘浮的佟丽"（floating redundant）这一组词，去解析弥尔顿是如何神妙地结合了两种语言——floating 源自条顿语，意指洪水；而 redundant 则语源复杂，大抵属拉丁语系，意指泛滥。而今她又在其之上加入了自己的见解，一些关于 redundant 一词的现代意义，比如说：过剩、冗赘、多余、不需要，或是开除、走路、放走。

"我们恐怕不得不放你走了。"到处都有雇主会这么说,对着那些不情不愿的精灵般的女孩们提出自由的邀约,仿佛雇员们一个个全是受掳的精灵,全都急着涌向外头无拘无束的荒野。培侯博士的新解读倒是与雇佣没有直接的关联。她着眼的是自己的性别与年纪。她是个五十多岁的女人,早过了生育年龄,两个孩子都已成年,早离家,离英格兰而去了,一个在加拿大萨斯喀彻温省,一个在巴西圣保罗,距离再加上他们也有了自己的孩子,母子间联系得并不频繁。培侯博士的先生也离家,离开培侯博士了;在为期两年的"灵魂追寻之旅"后,他终于决定一去不回。在那两年间,他数度进出家门,来去匆匆,也曾经历无数身心起伏——自责、暴躁易怒、性无能,到后来则演变成拒吃妻子费心烹调的餐点,个人录音机上出现不明留言,午夜耳语电话,频频失约,银行存款出现神秘转出账目,时时挟带满口白兰地与香烟恶臭,或是沾染了一身的异味——陌生的体味,汗水味,风信子与舌瓣花的古龙水味。他和爱茉琳·波特一道去了马约卡岛,然后从那里送了封传真信给培侯博士，直称自己是个懦夫，竟这么处理事情，但这也是为了她好；他说他不会回来了。

传真进来的时候，姬莉安·培侯恰巧人就在书房里；传真机先是发出一阵示警的铃声，然后便兀自呼呼运转了起来，一长串白纸在桌上积着拱成了松软的一坨，随即不支滑落桌缘——信很长，满满一长串的自我辩解，我在此就不加详述了，内容约莫就是那样。至于爱茉琳·波特大约也不出您的想象，我在此也无须赘述，反正她与这个故事的关联就到此为止。那年她二十六岁，我就提这一点，不过您大概多少早已猜到了。姬莉安满心赞叹地望着那一串活蹦乱跳的白纸；她赞叹的倒不是培侯先生的洋洋洒洒、能言善道，而是这套神奇的运作系统，一堆潦草黑字给塞进了马约卡岛的一部机器后，竟几乎同时地就重新出现在伦敦的樱草丘。培侯先生是个编辑顾问，那传真机原本是买来供他使用的，好方便他在家工作——当他被"放走"了，或说是成了个"冗赘"的雇员的时候。但到头来还是姬莉安·培侯最常使用它；她经常会收到来自各地的叙事学者送来的电子邮件与故事异本，从开罗，从奥克兰，从大阪，从西班牙港。现在，这机器终于是她的了。虽然她因此也变成了一个"冗赘"的女人——既不是人妻、人母，也不是某人的情妇——但她绝不是个冗赘的叙事学者，事实甚至恰如其反；因为这是个女性抬头的时代，女性叙事学者所拥有的知识技能受到各方的尊崇、推举，叙事学的世界里存在着许多女祭司、女住持、女预言家，她们为世人解谜，为是非真伪捍守疆界。

刚收到那封传真的当儿，姬莉安·培侯站在空荡的书房里，想象自己悲不可抑，为背叛，为失去所爱，或许再加上失去生活伴侣、失去世人的尊重罢，一个年华已逝的女人败在另一个年轻女人的手下。那是个晴天，书房四壁原本就给漆成了轻快的淡金色，姬莉安·培侯这会儿更是看到满室耀眼金光，霎时只感满心轻盈，欢腾，跃跃欲试。她感到——她诗意地如斯联想——自己像个乍然挣脱铁链的囚犯，从地牢里一步跨出来，眯着眼睛迎向久违的阳光。她感觉自己像笼中鸟，像被禁锢在瓶中的水汽，终于找到了出口，迫不及待地狂奔向外。她感到自己无限膨胀，开展。不再有等不到人的晚餐了。不再有那些不满、怨怼与角力争斗，不再有那些损耗殆尽的期望了，不再有鼾声，不再有屁声，不再有水槽里疮痍的胡茬。

她低吟构思，然后提笔回信：

> 来信收到。无异议。衣物打包待取。书籍装箱同上。会换锁。祝好。姬。

她明白自己的幸运。她的女先人们——她而今愈来愈常想到她们了——也许根本活不到她现在的年纪。也许死于难产，也许死于流感，死于肺结核，死于产褥热，甚或死于单纯的操劳过度。或者，她一路追溯至远古，死于一口无法咀嚼食物的烂牙，死于膝伤，死于饥荒，死于狮、虎、剑齿虎的爪下，死于入侵的异族，死于洪水、大火，死于宗教迫害，甚至死于生人献祭——有何不可呢？某些女性叙事学者津津乐道关于智慧老妪种种，但她不是干瘪老妪，她是人类历史上空前的一代，一个前所未有的女人：她口中装有搪瓷假牙，视力经激光手术矫正，拥有自己的银行户头，自己的生活，自己擅长的领域，而且她乘飞机，她旅行，她下榻世界各地的豪华旅馆，她直视那片摊开在阳光底下的皑白世界，或是夜间的闪亮回旋星空——当她侈丽飘浮的时候。

安卡拉的这场会议名为"女人生命的故事"。一组包容性很强的名词，刻意设计来涵括所有与会学者，时、空与文类全不设限。在机场迎接培侯博士的是一位体面的土耳其教授，蓄胡，棕肤，笑容满面。姬莉安·培侯抑不住欢喜，节制地呼喊出声，随即迎上大胡子教授张开的双臂；他们是老朋友了，相识于彼此都还是学生的时代，在那个缀着幢幢中世纪高塔，还有覆盖在柳荫下的小河蜿蜒流经的校园里。他们有属于两人的一段故事，一段无影无痕的次要情节，在两人的生命织锦图上，一缕如今看来轻而淡，却不曾断绝的丝线。培侯博士正在生那个德国空姐的气；她对那些穿着灰色西装的生意人们毕恭毕敬的，腰一弯，头一点，再会，祝您旅途愉快，谢谢您搭乘汉莎航空，再会，祝您旅途愉快；轮到培侯博士下机的时候，她却只是轻佻的一句"再见啦!"便没了下文。等在接机区的欧罕·芮法倒是一贯的活跃，手头上总是有新计划、新构想、新诗、新发现正在进行。他们计划要与一群土耳其友人同游伊兹密尔，然后姬莉安将一访芮法博士的故乡伊斯坦布尔。

这场会议，一如多数的学术会议，神似市集，只不过交换的东西换成了故事与概念。会议举行的地点是一个幽暗的剧场，阶梯式的大讲堂，没有向外的窗户，但配置了偌大的银幕；幽暗之中只见幻灯片一张张闪过。叙事学者最上乘的发表方式乃是直接叙述或重述故事，如此不但可以预防听众打瞌睡，叙事者也可借此在其中穿插一己的观点。于是，一位瑞士作家慷慨激昂地说完了伤寒玛丽的骇人故事，一个无辜的带原者，无心的凶手。措辞典雅的蕾拉·朵瑞克则重述了逆来顺受的芬妮·普莱斯的故事，一个在英国乡野林间最深处怯怯颤抖的柔弱女子，朵瑞克却在重述的版本中灌注了全新的澎湃热情。欧罕·芮法是最后一个发表演说的学者，他的论文标题为"威与弱：论《一千零一夜》中的精灵与女人"。姬莉安·培侯则被安排在他之前一个发表。她选择分析《坎特伯雷故事集》中学者的故事，也就是坚忍的格丽西达的故事。这故事不甚讨喜，虽然说故事的人，那个一心向学、不问世事的牛津学者堪称是所有朝圣者中最贴近乔叟志趣的一人。这故事最早出现在薄伽丘用意大利文写成的方言文学作品中，后来才由彼特拉克改写成拉丁文。姬莉安·培侯并不喜欢这个故事，但这却也是她在无数女人生命故事中偏偏选中它的理由。我当初到底是怎么想的呢，她后来尝自问道，在收到邀请函的当儿，在思及"女人的生命故事"一题时，我怎么会以一记耸肩，冷不防冒出"坚忍的格丽西达"这个答案呢？

于是在安卡拉，面对着台下的学者与学生，她娓娓从头道来。大部分的土耳其大学生与世界其他地方的大学生并无二致，一身 T 恤与牛仔裤的轻便装扮；但前排座位却坐着三个醒目的身影，三个缠着灰色头巾的年轻女郎。除此之外，还有几个身着制服的年轻军官，零星散布在牛仔裤海中。在共和体制下的现代土耳其，头巾被视为宗教反抗的象征，如此违逆主流的举动看在那些自由派土耳其教授的眼里，自是理应称许赞同；吊诡的是，在一个伊斯兰国家里，他们在课堂上所教授的内容，大半也会被视为叛逆，视为禁忌，正如眼前这几个裹着头巾的年轻头颅一般。至于那几个年轻军人，姬莉安·培侯观察到，不但听讲心无旁骛，而且十分勤于笔记。反倒是那三个包头巾的年轻女郎，自始至终面无表情，双眼傲然直视前方，甚至不曾迎上演说者的视线，仿佛只是全心专注于一己此番醒目的坚持出席。她们决意听完所有与会学者的发言。欧罕曾探问其中一人，他后来告诉姬莉安，他问她为何作此打扮。"家父与未婚夫宣称如此才是正途。"她这么答道，"而我也同意他们的说法。"

以下是姬莉安·培侯口中的坚忍的格丽西达

的故事。

从前,在伦巴第地区,有一位年轻的侯爵,名唤沃尔特。他是个纵情享受生命的年轻人,热爱狩猎与养鹰,完全无意于婚姻;这也许是因为他将婚姻视为某种禁锢的牢笼,或者是青春无忧岁月的结束——如果青春真是无忧的话。然而他的臣民却不作如是想;他们力促侯爵早日娶妻成亲,好为封国诞下子嗣,或者,这是因为他们私以为婚姻将可让他们的主子收拾玩心,早日安定下来。年轻侯爵于是宣称自己深受荐言所感,进而选定了一个成亲的日期,邀集众人届时出席同欢;但他要求臣民当下立誓,无论新娘为何方闺女,他们都将无异议全心接受。

这是沃尔特的怪癖:他总喜欢要人事先立誓无条件接受一切——并不得有任何怨言——无论他最后的定夺为何。

于是他的臣民们也只得同意接受如此要求,并随即着手筹备婚礼。他们准备了一场盛大的婚宴,为尚未露面的新娘备妥新衣、珠宝与新床。到了婚礼那天，证婚的神父站在祭坛上等着，外头的迎娶行列也已蓄势待发，但众人对新娘究竟为何方人士一无所知。

格丽西达——在异本中又称格丽赛荻、格丽西黛、格丽西荻，或是格丽赛——乃一介贫农的女儿，生来兼具美貌与贤德。就在婚礼一切准备就绪的当儿，她正提着水壶前去水井打水；本分而顾家的她决意先完成她分内的家事，然后才去加入围观迎娶队伍的村民行列。婚礼总会制造出一群好事的围观者，一群其实也算是参与了婚礼的围观者，你我都不例外。格丽西达也想参与盛会，想一睹新娘风采，正如你我一般。人人都喜欢看新娘。新娘与公主，那些故事里的人物，故事外的人们总喜欢想象关于她们的一切。谁知道呢，也许格丽西达也想趁着新娘行经眼前的时候，试着去想象她心中此刻的感觉。

结果呢，出现在她眼前的只有年轻的领主一人；他在她跟前停下脚步，命她放下手中的水壶，静待片刻。他转身向着她的父亲，直言自己欲娶格丽西达为妻，希望他能同意他的求婚。农人同意后，年轻的领主方才再度转身面向格丽西达，说明自己欲娶她为妻，而他唯一的要求是，她必须立誓凡事顺从他的心意，没有犹疑，也绝无抱怨，日日夜夜、无时不刻皆然。而格丽西达，我在此且引用乔叟原文，"惶惶惑惑，战栗不已"，随即矢言永不违逆他的心意，无论是行为还是思想，无论是痛苦还是死亡——虽然她心怀恐惧，却不惜以死相报；她如此答复年轻的领主。

年轻的沃尔特于是立即下令，要随仆脱去她身上的旧衣裳，换上他事前备妥的华美新衣；他要他们为她整好头发，再戴上那顶镶着珍贵珠宝的头冠。就这样，格丽西达进宫完婚，就此长住宫中；乔叟还费神描述了她而后的表现，说她处事公正，调解纠纷合情合理，为人宽宏慷慨，好善乐施，深受子民爱戴。

但故事并不结束于此；那婚前誓言不啻是个不祥的预兆，故事于是也就朝着这个方向继续发展下去。思及此，姬莉安·培侯在此插入了自己的见解：几乎在所有有关誓言与禁律的故事里，那些誓言与禁律在订立的当儿即已注定要被打破，这几乎已是它们无可避免的宿命。此时，台下的欧罕·芮法笑意渐浓，而年轻军人振笔疾书，显然正奋力记下关于誓言与禁律种种；至于那三个包着头巾的女郎则依然直视前方，看似不为所动。

一段时日之后，乔叟继续写道，一心求子的格丽西达产下了一名女婴；臣民们依然额手称庆，因为她既先得女，就表示她并非不育，男性子嗣的诞生必然指日可待。就在此时，沃尔特突发奇想，决意考验妻子。有趣的是，姬莉安·培侯说道，在原文中，那牛津学者突然以叙事者的身份跳出来说话了，直说他看不出来这试验有何必要。但他还是继续把故事说了下去：沃尔特正颜厉色向妻子说道，臣民们是如何地不满她以一介村鄙之妇的身份当上了他们的领主夫人，而今连她所生的女儿都成了他们的主子；他因此提议，他说道，将她的女儿处死以息民怨。格丽西达答道，自己与女儿都归他所有，理应任他处置。于是沃尔特派遣一名孔武粗暴的警卫官，将女婴自母亲怀中带走。格丽西达顺从地吻别了女儿，仅仅要求警卫官妥善安葬女儿，莫让野兽侵噬了她的遗体。

又过了一段时日之后，格丽西达再度产下一名男婴，依然一心试验妻子的沃尔特再度下令将婴孩带离母亲怀中，送至他处处死。格丽西达坚定地恪守盟约；她向丈夫保证道，自己既不悲伤，也不苦恼，她说那两个孩子起初只是为她带来无端病痛，"而后呢，就只是灾祸与苦痛"。

故事行文至此，姬莉安说道，突然进入一段间歇期，一大段光阴匆匆流逝，一大段足以让那两名被秘密带至博洛尼亚抚养的婴孩长大、成人的光阴。一大段漫长得足与《冬天的故事》第三与第四幕之间的时空人事发展媲美的光阴——在那段期间内，皇后赫尔迈厄尼逃匿至他处，世人以为她早已不在人间；而她那被遗弃在波希米亚岸边的女儿珀迪塔，则被牧羊人拾回抚养，成人，与王子相恋，一番曲折后被迫逃往西西里，然后在那里与她悔悟的父王团聚，而她那几乎已遭世人遗忘的母亲则以一尊雕像的模样出现，之后并借由魔法之力，在众人眼前奇迹般地复活。在《冬天的故事》中，姬莉安说道，美丽的女儿代表着母亲的重生，一如珀尔塞福涅的复返人间代表着春天田野的重生——那良田原本让她悲愤的母亲德墨忒尔给荒废成了一片寸草不生的枯野。说到这里，姬莉安的声音倏然转沉。她定睛凝望台下听众，娓娓道来那宝琳娜，赫尔迈厄尼的好友与忠仆，是如何集女巫、艺匠与说书人的能耐于一身，终让失踪已久的皇后复返人间。就个人而言，姬莉安说道，我从来就无法忍受这样一个精心策划的结局。这恰恰是珀尔塞福涅的故事的相反。因为人类非如作物，冬死春生；人类就活么一次，他们会老，会死。对赫尔迈厄尼与格丽西达而言，她们一生的绝大部分就在一连串的密谋与策划之下惨遭剥夺殆尽，大好岁月无端变成了一个灰暗迟滞的空洞。

在她的儿女——尤其是她的女儿——长大成人的这段期间，格丽西达究竟做了些什么呢？故事疾驰而过。一个女人的生命，从婚礼，到怀孕生产，到乌有，只在转瞬之间。乔叟没有提到其他的小孩，只是强调格丽西达始终不二的忠贞、坚忍与服从。但她的丈夫依然执意于策谋、布局与操纵,那欲望的无边岂是宝琳娜可与之比拟的。他一刻也不得闲;他设法取得教皇赦令,得休妻再娶。百姓议论纷纷,侯爵杀子恶名不胫而走。依照书上的描述,沃尔特不顾民怨,向他忠心耿耿的妻子宣布自己已决定另娶一名出身良好的年轻新娘;他要她回去父亲身边,至于那些华服珠宝她一样也不许带走。格丽西达依旧坚忍不移,不作他想地接受了丈夫的决定;倒是乔叟在此安排格丽西达说了一段话,好维持读者的同情,不让读者的不耐阻断了那份必要的共鸣。

脱去了华服的格丽西达裸着身子,向丈夫谆谆说道,她赤裸走出父亲家门,如今也愿赤裸归去。但因为他已取走了她当初的旧衣裳,她在此请求他赐她一件长衫遮身,因为"曾孕育过你的子女的身体不该泄露在你的子民眼前。请你不要让我"。格丽西达说道:"像只卑微的虫子爬过大街。我带着童贞而来,如今已无能带回;为此,求你赐我长衫一件以为偿还。"沃尔特听言宽大地要她不必脱下身上仅剩的一件衬衣:"就穿着去罢。"

但沃尔特心中依然记挂着其他的曲折安排;

因为每多加一段曲折，他那策划已久的大结局就更添一份容光与圆满。格丽西达回到娘家没有多久，照原文看来应该是如此，她的丈夫就再度出现在她面前，命她回宫协助筹办婚礼。没人能办得比你好，他这么告诉她。你也许会认为，格丽西达一旦回到父亲家中，当初那份约定就该算是失效了；但格丽西达却不作如是想：她坚忍地回到宫中，坚忍地筹办婚宴，清扫上下，装点皇宫，甚至为新人打理新床。

就这样，年轻的新娘在众人簇拥之下抵达皇宫。应邀前来参加婚宴的王公贵族们纷纷就席，各式珍馐也已备妥正待上桌；而格丽西达穿着她的旧衣裳，在大厅里继续忙着打点料理。这一回，在这场婚礼中，格丽西达显然成了一个无关的旁观者。沃尔特将格丽西达召来跟前，询问她对眼前这位新娘的看法。格丽西达不曾挟怨口出恶言，只是秉持她一贯的坚忍忠贞，说道新娘的美貌是她毕生仅见；她半是恳求、半是告诫地要他"万万不可苦待这位纤弱的新嫁娘"，就像他对待过她的那样，因为新夫人出身娇贵，禁不起那般苦难。

至此，沃尔特策划期待已久的大结局终于登台。他心满意足地向格丽西达揭露道，这远道而来的少女并不是他的新娘，而是她的女儿，那侍从则是她的儿子。他说她从此可以无忧无愁，无须再惧怕操心了；他说他并非心存恶意，居心也无不仁，这一切无非只为试验她的忠诚，而今他已确知她的德行高洁无瑕，他们一家终于可以团圆了。

格丽西达怎么反应呢？姬莉安·培侯问道。然后她怎么说，然后她怎么做呢？培侯博士反复问道。她的听众们兴味盎然地拉长了耳朵。他们其中大部分人对这故事的了解就仅止于标题所揭露的部分，坚忍的格丽西达。百般遭到践踏的小虫终于也会忍无可忍，起而反抗吗？其中几个人或许会如此自问，心头深为格丽西达楚楚的裸身影像所动。他们期待着培侯博士的解答，而她却陷入沉默，仿佛一尊冰雕，伫立在台上。她双手高举，张口欲言，灯光映射在她的眼球表面，滑溜晶亮。她是个丰满的女人，身形硕壮；她的皮肤光洁，身穿一套最是适合身形硕壮的女子穿着的宽松亚麻洋装与外套,青灰色的衣料,上头缀着一些蓝色的玻璃珠子。

姬莉安·培侯睁眼凝望,听到自己的声音渐渐削弱飘散。她身心远扬,穿越时空——她成了一根盐柱,她的声音在玻璃箱中来回游荡,像似冬季里一只颓败蚱蜢的呜咽悲鸣。她动弹不得。隔着一个大厅,就在那些包着头巾的女人后方,她看到了一个幽微的身影,一个巨大的、女性的身影;蒙着薄纱的头颅低垂在一片空无之上,就两只弛软的长臂膀,垂挂在那片空无两侧,多风的空洞外头覆着一件松垮的斗篷,鼓鼓飘动。一个了无新意的影像,却无损它的骇人;因为它就在那里,不愿叫人忽视——而姬莉安·培侯也确能细数那斗篷上的皱褶,那浮肿的双眼中的猩红血丝,她看得到那紧绷的唇上的裂痕,那张无牙的、不悦的大嘴,她辨得出那些颜色,深深浅浅的灰色、灰色与灰色。那身影胸脯干瘪,挛萎的皮肤暴露在空洞上头,那个该是肚腹与子宫之所在的多风空洞。

我就是害怕如此,姬莉安·培侯心想,一边

驱使理智继续运作，试着去辨清那影像究竟是子虚乌有的幻影，抑或是偶然现身的幽灵。

正当欧罕起身欲为她解围时——他见她如麦克白瞠目凝视盛宴——她突然又开始说话了，若无其事地；台下听众轻叹一声，陷回座位，一派松弛模样，却不失之无礼。

格丽西达怎么反应呢？姬莉安·培侯问道。然后她怎么说，然后她怎么做呢？培侯博士反复问道。乍闻真相，格丽西达在不解的惊愕之中晕了过去，回过神来后，她忙不迭感谢丈夫拯救了她的一双儿女，她告诉他们，他们的父亲是如何小心地呵护他们至今，然后她拥他们入怀，紧紧地搂住他们，即使她不支再度晕厥，双手依然不肯放松，连旁人也几乎无法将两名少男少女自她怀中扯开。乔叟并没有明说，那牛津学者并没有明说，说她几乎将一双子女勒毙，但作者行文之间却隐约透露着恐惧，她那禁锢已久的精力与能量就在这一记紧拥之中全部释放了出来，让三人霎时皆陷入昏迷；在他们万能的主人精心策划的这场大结局、这场团圆戏中，三人都算是在恍惚中缺席了。

但当然,格丽西达再度苏醒,也再度被剥去身上的旧衣裳,换上锦袍与珠宝后冠,然后被迎回上座,盛宴正式上场。

在此我有些看法想与在座各位分享,姬莉安·培侯继续说道,关于这故事真正的骇人之处。你心中或许会如是臆想,以为这是一则关于一个父亲或国王或领主在妻子死后,欲再娶亲生女儿为妻的故事,一如那雷昂提执意强娶珀迪塔,一如原版的《冬天的故事》——那是一则关于男人的故事,一个一心寻觅再春之道,却怎么也勘不透人类非如田间花草、此方绝非正道的男人的故事。这模式或许骇人,或许不忍卒闻,却是人类天性;无数传说故事前仆后继,更正这一人类劣根。但格丽西达的故事真正骇人之处并不在于乱伦恐惧,甚至也无关年华逝去的恐慌。它的骇人之处在于它的叙事本身,在于这叙事本身与沃尔特的牵涉之深。这故事可鄙,因为沃尔特在其中取得了太多的角色地位;他是主角,是恶徒,是命运,是万能的主宰,也是叙事者:这故事中没有**戏剧**,纵然牛津的学者与其背后的乔叟一再企图掩饰这一点——借着在其中加入关于人民反感的描述记载,也借着后来一段语带讥讽的脚注;他们描述格丽西达的儿子——

> *婚姻美满顺利,*
> *不靠苦试妻子。*
> *世情变迁,毋庸置疑,*
> *人心已不古。*

这脚注还有下文。他们继续评论道,这故事的主旨**不是**要天下的妻子都去学习格丽西达的卑顺,因为这非但不近人情,实在也不可得。这故事与《约伯记》的主旨如出一辙,牛津的学者说道,根据彼特拉克的原意,它们无非是要奉劝世人坚忍承受际遇的起伏考验。但读此故事,有感者岂能不满腔愤慨——为着格丽西达的遭遇,为着她被剥夺的一切——那是她人生的精华岁月,一去不复返的精华岁月啊——为着那些横遭阻断的生命精力。在小说的世界里，多少女人的生命故事其实就是一则则关于横遭阻断的生命精力的故事哪——芬妮·普莱斯的故事，露西·斯诺，甚至是格温多伦·哈莱特的故事，也都是格丽西达的故事，也都曾有过那样的一刻，生命精力遭到扼杀，埋没，终至遗忘。

姬莉安·培侯抬眼望去。那魅影、那食尸鬼，已然消失无踪。掌声响起。她快步下台。生性体贴而坦率的欧罕直言问她身体是否有所不适，姬莉安答道方才是曾感到一阵眩晕，不过应无大碍。一阵短暂的眩晕袭击罢了。她曾想过要告诉他关于那幽灵幻影种种，但旋即受阻。她的舌头重如铅块，那事就是无法出口。事物一旦无法出口，就仿佛被灌注了无限活力，流窜在人的血管、脑细胞与神经末梢间。早在孩提时代，她就已经学到了，如果她能向人描述那些出现在台阶上的小灰人，或是洗手间里的伛偻老妪，它们自会消失无踪。但她就是说不出口。她在战栗中任凭这甜美的想象恣意驰骋，偶然也会再见到它们。

欧罕的报告是会议的压轴之作。他是个天生的演说家，从以前就一直都是，至少在姬莉安的经验中。她还记得学生时代的那次公演。欧罕饰演哈姆雷特父亲的亡魂，他曾以他那低沉浑厚的嗓音缓缓读出那一段控诉之词，闻者无不色变。他的胡子一如当年，修剪成典型伊丽莎白时代绅士的式样，只是如今已呈莎翁笔下的"黑中掺灰"的斑驳模样了。他的脸庞退化得愈发棱角分明，姬莉安打量着他，如今已有几分神似贝利尼画中的征服者穆罕默德二世。她当年出演乔特鲁德一角，虽然她一心向往扮演奥菲利亚：年轻，美丽，却在勃发的热情中丧乱了心智。她是哈姆雷特的母后，怎么也看不见在她寝宫里徘徊不去的鬼魂的可怜女人——思及此，她的心头陡然浮现一个影像，一缕综合了赫尔迈厄尼与格丽西达模样的幽魂。而高大英挺的欧罕一径站定在台上，胡子底下是一张笑吟吟的脸庞，缓缓地开始讲述舍赫拉查德与女精灵的故事。

这是个不争的事实，欧罕说道，"厌女情结"是许多前现代的故事集子——尤其是框架故事集——的原动力之一。信手拈来，《故事海》是其一，《一千零一夜》是其二。至于原因究竟为何，就我所知，从社会结构到深层心理状态云云，不一而足，尚待汇整澄清。无论如何，在这些故事中，对女性的描绘不外乎集中于她们的狡诈多谋、不堪信赖、贪婪、纵欲、无耻，简言之就是"危险"二字；除了女巫以及女性的食尸鬼与食人魔之外，这些故事中的女性总能透过弱者的结构，反过来威力无穷地操纵人心。从本次会议主题的观点看来，《一千零一夜》的框架故事尤其值得我在此多加着墨。两名君王因遭女性背叛而愤恨，而绝望，而矢志报复；夜复一夜，舍赫拉查德必须借着诉说一则又一则的故事——在床上，在寝宫中，假意要说给她那无辜的妹妹听——来逃过国王以天下女性为报复对象而织成的死亡之网。夜复一夜，舍赫拉查德的故事开始，延续，结束，再开始，再延续，再结束，如此循环不已。一个拥有无穷机智、无比聪慧的女人，欧罕笑吟吟地继续说道，她全然从一个弱者的角度出发，机巧地调度，操控局势；即使如此，达摩克利斯之剑依然高挂在她卧床上空，仅以她口中吐出的故事作为悬吊的丝线，黎明的第一道曙光永远伴随着一丝挥之不去的死亡阴影射入她的寝宫。因为舍赫亚尔国王，一如沃尔特，决意扮演丈夫与命运主宰的双重角色，仅将说故事的部分，情节设计铺陈的部分，留给他的妻子——但这也就够了。对舍赫拉查德而言，这已经足以让她活命，足以让她为她的孩子们争取到瓜熟蒂落的空间（她将孩子们藏匿至他处，不让丈夫知道，一如沃尔特之于格丽西达），足以让她苟活下来，直至局势扭转，爱意滋生，"从此幸福快乐地生活下去"，让我在此姑且如是比喻，一如格丽西达故事的结局。因为，这些故事并非心理小说，无关乎人物角色的心理状态与发展，它们诉说的是大剌剌的天数，是赤裸裸的命运，是人类既定的宿命。针对此点，大导演帕索里尼曾发表过一段鞭辟入里的见解，他说，《一千零一夜》中所有的故事毫无例外地，全都是以命运的消失作为结局，那命运"就这样沉入了日常无声的琐碎之中"。但在故事说尽之前，舍赫拉查德的生命看似无法沉入这一番无声的昏眠：于是这日常的无奇琐碎就成了她的目的，她的结局，一如灰姑娘与白雪公主，而非如包法利夫人或是于连·索雷尔——他们的故事终止于死亡，因而未曾消散在琐碎之中。但我这算是直接跳说到结论了；在以下的演讲当中，我所欲阐明的论点，一如培侯博士方才的论述，是有关民间传说故事中的角色性格、命运，以及性别的关联：诗人诺瓦利斯尝言"个性即命运"，但在这些故事里，个性非命运，而是其他的东西。

我的演讲将分为两个部分：其一是关于故事框架中的女人，其二则是卡马拉尔扎曼与布朵公主的故事。后者在《一千零一夜》原稿中算是个未完的故事，我在此将扼要讨论……

姬莉安·培侯坐定在缠头巾的女郎后方，注视着欧罕那张黝黑修长的脸庞，聆听他开始缓缓讲述，那一对国王兄弟，舍赫亚尔与沙赫泽曼的遭遇——原本正要出发一访兄弟的沙赫泽曼临时起意返家辞别妻子，却意外撞破妻子与膳房小厮的奸情，他当下挥剑斩杀二人，然后才带着满腔的愤慨与绝望重新踏上访途。兄弟重逢后的一日，沙赫泽曼偶然瞥见窗外的后宫秘密花园里正在进行的活动：那皇后，他兄长的妻子，领着二十名女奴鱼贯进入花园；女奴中有十名为白人，十名为黑人。那十名黑肤女奴脱去长袍，露出乔装在女装底下的年轻男性身体，与那十名白肤女奴恣意荒淫，狎玩交媾。此时，皇后的黑肤爱人，马苏德，也自藏匿的树丛后方现身，当下也与皇后云雨交欢了起来。见此，沙赫泽曼的郁结心情终于稍稍获得纾解：原来，这不单单只是他个人的不幸，而是普天皆同的命运。稍后，他将所见一一转述兄长，舍赫亚尔起先不敢置信，后来才在渐渐充塞胸怀的羞耻与震怒中承认了事实。于是，满心嫌恶与消沉的兄弟两人决定暂时离弃宫廷生活，出发前去寻找一个比他们还要不幸的男人，一个同样遭到妻子背叛的不幸男人。

请注意，欧罕提示道，此时他们尚未遣人或亲自前去取那几名罪人——皇后与她的黑肤爱人，以及那二十名荒淫的奴隶——的性命。

结果呢，国王兄弟遇到了一个精灵。那精灵拔海而起，像根旋转的黑色巨柱般直冲云霄，头上还顶着一个挂着四具钢锁的巨大玻璃箱。国王兄弟（一如先前的马苏德）赶紧找了一棵大树藏身。不知是运气，是偶然，抑或是命定，总之那精灵竟偏偏挑中了两人藏身的大树作为小憩的处所；那精灵在树下躺定了，然后打开玻璃箱，放出里头一个妖娆的美女——一个在婚礼之日让精灵给强行劫走的新娘——精灵将头枕在美女腿上，不消时就鼾声大作了。那美女见精灵睡沉了，随即抬头向国王兄弟二人示意，表示自己看到他们了，接着便威胁两人，要他们赶紧下来，满足她的性欲，否则就要尖叫吵醒精灵。国王兄弟以为事不可行，却又受此迫在眉梢的死亡威胁，于是只得尽力照做。两人轮番上阵完事后，精灵这个劫来的妻子双腿大张，躺在树下细沙上稍事歇息，一边向兄弟二人要来手上的戒指，一边则取出了一只贴身的小袋，将戒指收放了进去。那袋里装有九十九只各种材质款式的戒指，她一脸自得地向国王兄弟解释道，全是从曾与她春风一度的男人手上摘下来的；虽然那精灵把她重锁在玻璃箱中，又将玻璃箱沉入浪涛汹涌的大海深处，还是无法阻止她的出墙。那精灵哪，她继续说道，一心想要确保她的贞节，却浑然不知命定之事不可抗——一个女人一旦打定主意想要什么，千军万马也不可挡哪！

兄弟两人脱险后作下了结论：那精灵比他俩不幸多了。于是他们打道回府，处死舍赫亚尔的皇后与那二十名奴隶，遣散后宫男性奴仆，然后开始在王国境内大肆搜揽处女，让她们当上一夜皇后，翌晨即处死，借以"确保舍赫亚尔国王免遭女性奸邪诡诈所害"。舍赫拉查德为拯救天下姊妹性命，想出了这么一个对策，以故事的迷人魅力取代处女的不晓人事，欧罕说道，胡子底下满是笑意；就这样，过了一千零一夜。而在这些框架故事里，欧罕继续说道，男性的命运往往就是遭到女性的贪婪欺诈所害，而女性的命运则是为此丢了性命。

对我而言，卡马拉尔扎曼王子的故事最值得玩味的一点，欧罕说道，是精灵在扭转，或该说是调整这位冥顽不灵的王子的命运的事件中，所扮演的角色。卡马拉尔扎曼是卡哈里丹国王舍赫里曼备受宠爱的独子；他出生的时候父亲年事已高，而他的母亲则是一名体态丰盈的处女侍妾。他的模样无比俊美，像皎月，像春天初开的银莲，像天使降生。他的才貌出众，却一心只为自己；因而，当他的父亲促他早日完婚以为王朝生下子嗣时，他当下列举智者之书中对于女性劣性恶行的诸多记载，并引以为由严词拒绝。"我宁死也不愿女性近身。"卡马拉尔扎曼王子如是说。"确是如此，"他傲慢地说道，"倘若父王强求，儿臣不惜以死明志。"舍赫里曼国王只得无功而返。一年后——在这一年间，卡马拉尔扎曼王子出落得更加俊美了——国王意欲重提旧事，所得答复却是王子在这一年间更加发愤查阅古籍，因而也愈发深信女性的无知无耻，愈发坚定了宁死不屈的心志。岁月匆匆，又过了一年；这回，国王听从大臣献计，特意选在正式朝会上询问王子心迹，而王子也果不出其料，再度严词悍拒。国王于是依计下令将王子关入一座废弃的罗马高塔，并明言王子一日不听劝便一日不得释放。

殊不知,那罗马高塔的蓄水槽里住着一个女精灵,她是真主安拉的信徒,是苏莱曼的仆从,生性活泼,精力旺盛。精灵一族,容我在此扼要说明,是真主安拉创造的三级智慧生灵之一——其一是天使,生于光;其二是精灵,生于无烟之火;其三是人类,生于尘土。而精灵又再细分为三级:飞者、行者与潜者;他们能随意幻化身形,同时也同人类一般,有善有恶,服膺真主的有之,服膺魔王易卜劣斯的亦有之。《古兰经》中就常等同劝说人类与精灵悔改,服膺真主;此外,人类及精灵的婚姻与性关系亦受到专门律法的管制。他们是活动于人间的生物,有时人类肉眼可见,有时则否;他们有时蛰伏在浴室与洗手间,有时翱翔天际。他们拥有一套复杂的社会制度与阶级体系,我在此且不详加说明。故事中的这个女精灵,玛伊慕娜,属于飞者阶级——这会儿,她正巧飞过卡马拉尔扎曼的窗口,不经心瞥见了沉睡中的王子;她于是登堂入室,在他的床畔驻足片刻,欣赏那张无比俊美的面容。再度回到夜空中后,玛伊慕娜遇到了另一个飞魔，一个名唤达纳锡的非信徒。达纳锡兴高采烈地跟玛伊慕娜讲述自己不久前看到的一位中国公主的故事；他说那布朵公主美丽非凡，却抵死顽抗婚姻。"我这柔弱的身子，甚至禁不起丝绸衣料的摩挲，又如何禁得起男人粗暴的碰触呢？"她这么问道——于是，她的家人只得将她软禁在房中，以免她依言自残。这两个精灵就这么争辩了起来，在空中鼓翅盘旋，一个坚称男人比女人美，一个则嗤之以鼻，以为女人才是最美。终于，玛伊慕娜出了个主意，要达纳锡去中国把那沉睡中的公主带来，让她躺在卡马拉尔扎曼的身边，他俩好就近比出高下。不出一个钟头，达纳锡就完成了任务；但这两个精灵，一男一女，却依然争辩不休，甚至对吟了连篇的诗歌韵文，还是得不出结论。最后，他们决定请出第三者来作个公断——一个身形庞大的土灵，头上长了六只角，身后拖着三条叉状尾巴，驼背，跛足，一臂奇大，另一臂奇小，足下兼有爪蹄，而阳具硕大无比。这土灵先是绕床跳了一支凯旋之舞，接着才宣布道，要在这两个绝美的人儿之间比出个高下的唯一办法呢,就是分别叫醒两人,看看哪一个对对方表现出较热烈的情意,能激发另一方较强烈的欲念的,就算是赢家。两精灵依计行事。首先被唤醒的卡马拉尔扎曼一见到布朵公主即惊为天人,敬畏之情与欲望之火交相燃起,但随即却又中了魔法再度昏睡过去;接着被唤醒的布朵公主也是霎时间就陷入了迷乱爱恋,那欲火之强之烈,甚至得到了沉睡中的王子的回应,于是,顺水推舟,"该发生的事也就真的发生了"。接下来,卡马拉尔扎曼与布朵经历了一连串曲折离奇的遭遇——有分离,有疯狂;有王子伪装成土占者浪迹天涯寻找爱人,有婚姻,有因大鸟衔走公主收放在抽屉里的护身宝物而导致的离散,也有布朵公主机智扮装成丈夫的模样,引诱了另一位公主,甚至引诱了自己的丈夫并因而导致他的迷惑错乱——在我正式讲述并分析这一段故事之前,我想先谈谈有关上一段情节的几个特异之处。那几个精灵,自始至终地旁观了卡马拉尔扎曼与布朵公主献身于对方的过程,显然对人类身体有着不可言的兴趣;从另一个角度看来,在这场秘密的圆房戏中,他们的存在其实是一个无比怪异的叙事设计：一群看似无关却又牵涉甚深的旁观者，角色约莫介于赛马场中的赌客、皮条客与导演或故事叙说者之间。这段叙事文本，欧罕说道，向来令我百思不解，更因而深深着迷；因为它的叙事观点来自三个灵界生物——其中又以一介女性为主，为首，以男性为辅，为从。个人生命史中理应最为私密的一刻——在全然的满足与狂喜中失去，或该说是互献童身——却成了三名灵界生物的欲望、好奇心，以及好争好胜心相互作用下的产物；三名分别来自天、地、水的火系生灵。卡马拉尔扎曼与布朵，一如沃尔特，都曾誓死维护一己的自由与意志，也都曾视异性为毒蛇猛兽；但在这里，在他们最深的梦境中，他们却让步于命运——在这一场由不可见的诡异三人组一手导演的感伤喜剧中。就叙事本身来说，三者中最为多余的一个角色，正是那个最庞大、最突出，却也最令人难以忘怀的土灵——那土灵拖着一具丑陋至极的畸形身躯，在那两具熟睡中的完美年轻身躯旁，忘形地嬉闹起舞。这就仿佛我们的梦境竟有了自己的生命，自上方俯视着我们,支配着我们的生活,而我们只能在昏睡的浑沌中,依它们的兴致所至被动演出。惟,精灵非如梦,它们是存在的实体,并且拥有无关这对年轻俪人的各式其他喜好与热衷的事物……

那几名军人埋头振笔疾书;而裹头巾的女郎则依然不动声色地直视前方,骄傲的下巴扬得高高的。姬莉安·培侯享受着欧罕·芮法的演讲;这会儿的话题已经推进到叙事技术层面,有关想象与其现实的建构,在故事中的故事中的故事中。她累了,她的体温比正常高出了一些;安卡拉的空气中弥漫着一股煤烟味儿,让她不由得想起她在约克郡一个工业小城度过的童年。日复一日,她的童年岁月大半就在病榻上度过了:气喘,被空气中徘徊不去的硫黄味儿逼出来的气喘。一则又一则的神仙故事填满了病床上的漫漫长日,一则又一则的神仙故事就这样在她眼前栩栩流转而过。她记得自己曾和家人去看了《月宫宝盒》;中了魔咒的骏马腾空飞跃银幕,从神灯里蹿出的精灵霎时膨胀充塞天际,而他们坐在台下,继续呼吸着那带着浓浓硫黄味的空气。她还记得那场空袭：银幕画面跳动闪烁，一阵阵白光扰乱了魔术师幽暗的凝视，一阵阵遥远的轰炸声伴随着公主在花园里来回漫步。他们最后还是不得不疏散到防空地窖里去；她记得自己大口大口地喘着气，一边想象着盘旋夜空的铁翼与火光。那时我是否曾想过自己将会成为什么样的人，过着什么样的生活？姬莉安·培侯自忖，至此她已无心听讲，而欧罕·芮法仍一径在台上试着去定义一些介于真实人物的虚构故事中的虚构人物的虚构故事中的虚构人物间的信度分野。我当时确实曾有过一些模糊的想法，关于自己将成为什么样的女人的想法；我想那是在我通晓人事之前罢（她的身体一直不自觉地在玩味着卡马拉尔扎曼与布朵公主之间的云雨激情），但我想象我会结婚，我会拥有白纱、婚礼，一幢小屋，一个全心爱我的丈夫——就像电影中的那个巴格达之贼一样——还有一只狗。我是曾想过——但未曾敢想象得太深太远，自己会成为一个身处安卡拉的叙事学者，这算是个意外的惊喜罢，她告诉自己，一边试着将注意力拉回到欧罕有关限度与伪装的演讲上。

第二天下午,姬莉安·培侯在土耳其朋友的建议下,决定一访安纳托利亚考古学博物馆;在那里,她遇到了一个神秘的老水手。她乘坐英国文化协会的专车,在博物馆正门口下了车——那是一幢以木材与玻璃为主要建材的现代建筑,紧傍山丘而建,造型含蓄典雅,是一个安静舒适、引人幽思的好地方;姬莉安打算在里头待上一两个钟头,好好享受一下这份奢侈的悠闲。那个老水手无声无息地自一根柱子或雕像后方冒了出来,冷不防擒住了姬莉安的肘子。美国人?他说,而她没好气地答道,不,英国人;就这样,两人有一搭没一搭地聊开来了。我是馆方指派的解说员,那人宣称。我在韩国跟英国人打过仗,啧啧,英国兵真是不赖,土耳其兵和英国兵都不赖。他是个结实矮壮的男人,脸上脖子上堆满了皱纹,头发倒是都掉光了,一颗秃头油亮亮的,活像颗大理石。他穿了件羊皮夹克,上头别了一枚军章,以及一只看来像是自己动手画出来的识别证,上头写着

"解说员"三个大字。他的额头不宽,眼窝深陷——他既没有眉毛也没有睫毛——而一张大嘴一开一合间露出了底下一排突兀白亮的假牙。我可以带你参观全馆,他说道,一手还是不肯放掉姬莉安·培侯的肘子,我知道很多你绝对不会知道的东西。她不置可否,一径往前走,但也没刻意甩开踉踉跄跄跟在后头的这个老兵。你瞧,他见她驻足探望一处重建的窑洞连忙开口道,你瞧瞧以前的人是怎么生活的,那些第一批定居此地的人们,像动物似地挖了个大洞,倒是弄得挺舒适的。你瞧瞧那些女神像。一天,你想象一下,他们望着自己手里捏着的一块黏土,突然看到了一颗头和一个身体,你知道我在说什么吗?就一块偶然捏出来的黏土,他们看到了腿,看到了手臂,于是决定这里再揉一下,那里再推一下,啧啧,一个女人的形状就出现了。你瞧瞧她,那个小小的胖女人。他们喜欢胖女人,因为那代表着力量与生育潜力,以及存活过冬的能力,那些半裸的古人,住在洞穴里,光靠打猎过活,八成都瘦巴巴的,饿个半死,所以他们把她造得肥嘟嘟的,对他们来说,肥就代表生命。天知道他们为什么会捏出第一个胖女人小像,一个人偶,一个形象,一个献给女神的小贡品,好取悦她还是邀宠什么的——到底是先有人偶还是先有女神,这谁也说不定——但我们**推测**他们崇拜祭拜她,那个胖女人,我们推测他们认为万物都是从她那口洞里生出来的,就像他们自己从地底的洞里爬出来,或是像捱过寒冬的花草在春季里从土里重新冒出头来一样。在这儿,你瞧瞧她,她可老啰,比你们基督徒的纪元元年还要早上八九千年哪,你瞧瞧,她就只有最基本的身形,头、胳臂、双腿、圆滚滚的大肚皮和哺乳用的乳房,至于手、脚、五官就全免了,你看到了没有?你瞧瞧她,一双古老古老的手用泥土一点一滴捏摸出来的,古老到你几乎无法想象哪。

姬莉安·培侯凝望着眼前这一尊尊黏土人偶,那丰满的肚腹与乳房,她的腹部肌肉没由来地一阵紧缩,心头突然涌上一阵死亡的恐惧,脑海里满是那一双双古老的手捏塑着一团团黏土的影像。

渐渐地,他继续说道,一边引着她看过一尊又一尊的人像,她变得愈来愈有威权,她变成了坐在狮身宝座上的女神，你瞧，她就坐在那里，她现在已经成了世界的主宰，至高无上的女神，你瞧她坐在她的宝座里，双臂就搁在狮头上，还有那边，看到了吗，她双腿之间有一个婴儿的头探出来了呢，看看那些古人观察得多么入微啊，把那婴儿的头颅塑得惟妙惟肖！

展示柜里有许多这样的黏土小像；一个个模样神似，却又大异其趣。一个浑身裹在肥肉里的女人蹲坐在王座上，头顶戴一圈黏土冠冕；那王座的扶手是两只雄狮的模样，而女人硕大的臀部高高地翘在身后，鼓胀的乳房低垂胸前，空荡的肚皮则栩栩如生地晃荡在两个巨大的膝盖之间。她的身子与王座融成一体，狮头成了她的手，她的头顶光秃，一如老水手，重重的头颅倚在肥厚的颈子上的模样甚至也与他如出一辙。

现代的人可不喜欢胖女人了，老水手语带遗憾地说道。最好就像个还没发育的小男孩似的，活脱脱就是街角中学里跑出来的少年。你倒是再仔细瞧瞧她，瞧他们把她造得何等威严，何等神气，瞧瞧她的乳房，那圆润饱满的形状，他们把一切最好最美的想望都寄托在里头了。

老水手的声音里洋溢着无比热情，但姬莉安·培侯始终没有回过头去看他一眼；她还没打定主意要接受他的伴游讲解，她上层的意识中甚至已经胡乱塞满了一堆难为情的盘算——她身上到底带了多少土币现金，换算成英镑又是多少，这样一个导游大约值多少小费，如果她还是甩不掉他的话。于是两人就这样一前一后地继续逛下去了；她还是不曾回头，也不曾迎上他的目光，而他也不曾中断口中的喋喋絮絮，对着她的耳朵说，对着她顽固的后脑勺说，一边解说另一边也没停下脚步，跟着逛过了一个又一个的玻璃展示柜，身躯虽然庞大，脚步却无比轻盈，仿佛像穿了双毡鞋似地无声无息。随着脚步的前进，展示柜里换上了大小铜鹿与日轮翼盘，而姬莉安耳后传来的故事也换过了主题：国王与大军，战事与杀戮，处女献祭与太阳崇拜——姬莉安·培侯别无选择地默许了老水手的坚持；他是个绝佳的说书人，她别无选择。她对这部分的历史一无所知，这些赫梯人、美索不达米亚人、巴比伦人，或是苏美尔人，至于亦曾活跃于本区的埃及人与罗马人种种，她也所知无多。但老水手知之甚详，信手拈来甚至如数家珍——单单一只双喷嘴的鸭形酒壶或是一串镶着土耳其玉的银链，到了他口中却演变成一场盛大的婚礼；一罐保存了数世纪之久的锑粉到了他口中却变成了一个揽镜自怜的新娘——他的低语唤起了她那一头乌黑的长发，那一双杏眼，那一只握梳的纤手，还有站在她身后的小女仆，以及那一件缀满细褶的亚麻嫁裳。他不单说，他还聊——他聊起了英国士兵与土耳其士兵，他聊他们是如何在韩国山间奋勇并肩作战。姬莉安没由来地忆起了她先生曾说过的一段话；他说土耳其的执法之严，不论是扒窃或擅离职守都一律重惩，以至于无人敢越雷池一步。她还想起了欧罕曾说过："人们总将土耳其与嗜血成性及荒淫无度联想在一起。悲乎！我们是何等复杂的民族，拥有多重面相与天性。包括了那一些凶残，也包括了那一些对于美好生活的沉溺。"

大漠里的狮子对生活在安纳托利亚高原上的民族而言，无非意味着死亡，老水手说道；这趟旅程始于上古窑洞，历经那几个曾建筑无数通天庙塔的文明，如今随着两人脚步慢慢跨向亚述与尼尼微的狮形城门，旅程也已然接近尾声。那个古老的女神，以狮身为座椅，狮子正是她部分力量的来源，她既是大地，也是雄狮。后来的国王与战士们驯服雄狮，取得它们的力量，他们以狮皮为衣，并命人打造狮像，立于城门，借以捍卫疆土。你眼前的就是波斯雄狮，他们唤它作亚斯兰，它代表着力量与死亡。穿过狮门，就是冥府——那吉尔迦美什就曾勇闯冥府以拯救亡友恩奇都。你听过吉尔迦美什的故事吗，老人问道，两人一前一后跨过了狮形城门——姬莉安依然在前，也依然不愿迎上老人探询的目光。博物馆里陈列着几面浮雕石墙与城门，直接地将人引到布置出来的通道与庭院里去，像是笼罩在冷光中的一座小型迷宫。时间已近傍晚了，偌大的建筑里只剩他们二人；也许是出自对于死者作品的敬畏，也许是为了表示对这份宁静的尊重，总之老水手压低了嗓门，一片寂静之中只有展示柜的玻璃闪熠着微光。

　　你瞧，就在这里，他说道，语气一扬，那吉尔迦美什的故事都刻在这石板上了，如果你懂得如何解读的话。你瞧，这就是咱们的英雄，浑身披挂着兽皮，旁边是他的朋友，就手握棍棒的那个野人，这一对不打不相识的挚友这会儿正在皇宫门外打得不可开交哪。你知道恩奇都吧？传说他身形无比巨大，全身长满长毛，和野兽一起住在山林田野间，还不时帮助它们逃离陷阱与猎人的追捕。猎人们于是央求吉尔迦美什国王，要他派遣一名娼妓，将那恩奇都诱离山林，带至国王跟前；结果呢，历经一场奋战之后两人却反倒结为莫逆，从此焦孟不离，两人甚至联手杀了巨人洪巴巴——他们用计将他刺杀在森林里；他们年轻力壮，他们无所不能。但吉尔迦美什的英名不久便传到了女神伊什塔尔耳中——她是掌管爱情与战争的女神，又名西布莉或阿斯塔特；等到罗马人来了之后，她又成了黛安娜，一位兼具美貌与残酷的女神——她的神庙里寄居着无数娼妇——圣殿娼妇——她的欲望可是不容拒绝的。这回，伊什塔尔看上了吉尔迦美什，但他却拒绝了她的求婚——他认为伊什塔尔只会为他带来灾祸与毁灭，但千不该万不该,吉尔迦美什竟直言不讳地说出了自己的想法,他告诉伊什塔尔,他不想要她,他宁可维持自由身——因为她曾一手导致塔木兹的毁灭,他说,多少女性曾为他伤心悲泣;他还指控她将牧羊人变成豺狼,将下堂爱人变成盲眼鼹鼠,此外,她还以陷阱谋害狮子,在战场上残戮马匹,虽然她热爱它们的骁勇善战。伊什塔尔闻言勃然大怒,派遣怪兽公牛摧毁王国,但那公牛却还是让吉尔迦美什与恩奇都联手刺死了——你瞧,都刻在这石头上了,他们将剑刺入公牛的颈子,恩奇都甚至一举扯下公牛的大腿,将它丢到伊什塔尔面前。伊什塔尔召来神庙娼妇,为公牛哀泣一番,然后决定将恩奇都除之而后快。你瞧,那恩奇都病倒在床上,梦见了死神。年轻人哪,只知生不知死,不然就是将死亡想成某种猛兽,以为自己可以搏之胜之。但病人知道死亡,这会儿恩奇都就梦见了死神的降临——一个长着利爪羽毛、貌如食尸鬼的鸟人——你知道的,人们总借着秃鹰来想象死神的容貌——恩奇都梦见死神企图将他闷死,将他变成一个鸟人,他梦见自己正往冥府飞去;冥府里只是一片哀凄无光，恩奇都在梦里都看到了，那里的人们吃的尽是尘埃与灰泥。冥府里也有一个女神——瞧，就在那里——冥府女王厄里什基迦勒。恩奇都醒来后跟吉尔迦美什说了这个梦，两人为此伤心悲叹——这梦大乱两人心绪，也夺走了他们的力量。然后恩奇都就在极度的痛苦之中咽下了最后一口气，而吉尔迦美什痛失挚友，哀恸欲绝。他怎么也无法接受自己的朋友竟这样地走了，一去不回。他是如此的年轻，如此的强壮，他怎么也无法接受世上竟有死神横行无阻。年轻人哪，难免气盛——他们总以为自己无所不能，以为自己能力挽狂澜，就因为他们的血是热的，身体是强壮的。

吉尔迦美什这时突然想起了他的祖先，乌特那皮什——在淹没人间万物的那场大洪水中，他是唯一的幸存者；传说他就住在冥府里，并且掌有长生不老的秘密。吉尔迦美什于是出发长征，跋涉过千山万水之后，终于来到一座叫作玛舒的高山；在入山的隘口处，只见数名蝎人镇守把关，你知道的，就像巨龙之类的守门神。我们可以把这隘口想象成进入冥界的大门——苏美尔人和巴比伦人会在建筑外围另盖一座坚固的大门，并在门的四周放置数座门神雕像。你瞧，像这里的狮子，还有那边那座，门神可换成了精灵——你们是怎么说的来着？精灵是吧？——巴比伦人称他们作**乌图库**；这乌图库哪，有好有坏，有的善良，有的邪恶。性善的乌图库性质近似于守护神，你瞧，就像这边这几只人面牛身，还长着飞天羽翼的公牛——他们名唤**舍杜**或**拉玛苏**——他们以守护神的姿态站在这里，但他们也可以其他形貌出现，甚至可以隐身走在你我后方；每个人都有自己的守护精灵，有人这么宣称道——有句老话是这么说的："没有精灵跟在后面的人会有头痛缠身。"有趣得紧哪，你说是不是？

姬莉安·培侯颔首称是。她自己就遭头痛缠身——某种闷闷的、梗塞式的头痛，偶尔还伴随着一阵突如其来的刺痛感，仿佛有人拿着一支锥子或冰凿猛刺她的脑门似的。这头痛打从她看到格丽西达的鬼魂以来就一直挥之不去，眼前的一切看似都给蒙入了一层薄纱里，城门与浮雕石表之间就飘浮着一片青灰色的摇曳微光。老水手这时的语气与动作都愈发激昂了，这会儿他就把自己比拟成来到马许山隘口的吉尔迦美什，几乎像头兴高采烈的大熊似的，欺身前进，再猛然一退，翘首张望片刻，然后身手矫健地从中庭一蹦一跳来到门柱之间，双手作犄角状顶在光秃的头顶上，顷刻又幻化成守门蝎人来个自问自答。（这门上刻的是**性善**的精灵哪，老水手突然插入了这么一句。蝎人恐怕就没那么好惹了，他们属于**埃提姆**或是凶性更深的**阿拉鲁**一族，是从冥府女王的胆汁变来的，专门来到人间散播瘟疫。你得自己把这些飞天公牛想象成是凶残成性的蝎人。）他们问道："你为何而来？"吉尔迦美什答道："为吾友恩奇都而来。为参见吾祖乌特那皮什而来。"蝎人吓阻道："未尝见有女性所生凡人进得此山；山内深邃无边；一片浑沌黑暗，凡人无不丧胆。凡人无不丧胆。"此时，老水手突然一个箭步纵身向后，再度化身吉尔迦美什，神态自若地跨步向前，入门而去。姬莉安·培侯暗自忖度，他必是古时吟游诗人的后代，她曾在书中读到过，他们身着兽皮，头戴皮帽，手持木杖或长剑作为演出道具，在咖啡馆的墙上与市集广场上投下舞动暗影。老水手的身影此时就映射在**乌图库**的石像上，或作张牙舞爪状，或作横扫千军状：他既是在黑暗中屡遭曲折打击的吉尔迦美什，一会儿又重回光中，摇身变为酒神西杜里，置身大洋边缘的花园之中，身旁满是美酒金樽；他还化身为摆渡人厄尚阿比，一时让这穿兽皮、吃兽肉的凡间来客拢乱了阵脚。姬莉安·培侯突然心生一念：这老水手分明是卡拉格兹与哈西瓦特的族人——他俩是土耳其皮影戏中著名的喜剧角色，极尽冷嘲热讽之能事，两人舌战对象从冥界窜出的恶灵到痴肥的富人等等不一而足。欧罕·芮法本人就十分精于皮偶的操纵：他拥有一整皮箱的人偶，只消一张挂在白墙之前的布幕，他就可以让那些人偶一一生灵活现。

"那乌特那皮什哪，"老水手继续说道，一边在一只石狮身上坐定了，双眼紧紧锁住姬莉安·培侯的目光，"那乌特那皮什告诉吉尔迦美什说，是有这么一株长生仙草，不过它生长在深海，浑身还长满尖刺，模样甚是骇人。吉尔迦美什闻言立即在脚上绑了几块大石头,将自己直直沉入海底;他行遍海底,终于看到了那株长满尖刺的仙草——他不畏剧痛,一把将仙草连根拔起,然后扶摇直上,重新回到光亮的海面。吉尔迦美什随后即伙同厄尚阿比将仙草带回他的城市,乌鲁克,欲将仙草让城中老人服下,以唤回他们失落的青春。那是一段漫长的返乡之旅哪,"话声未落,老水手蹒跚起身,在满墙的石碑石表间来回穿梭游走,"两人途中行经一处水井,风尘仆仆的吉尔迦美什决定在此小歇片刻,沐浴净身一番。谁知那井中竟住着一条水蛇,水蛇闻到仙草甜气,一溜烟浮上水面,一口攫住仙草,呼噜噜地吞下肚去。吞了长生仙草的水蛇转眼蜕了一层皮,接着就又一溜烟沉入水底,一下子消失了踪影,徒留一张空皮囊在水面浮浮沉沉。吉尔迦美什见状席地掩面悲泣,他泪流满面地同厄尚阿比说道:'难道我的一切努力为的就是这个?难道我一路呕心沥血为的就是这个?我什么也没得着啊——一切都让那水底窜出的畜生给抢走了。我曾找到一个奇迹,而今却空手而返。'"

老水手转过一颗光秃秃的头颅,面向着姬莉安·培侯,两张没有睫毛的眼皮幽幽地滑落于眼球之上,看似精疲力竭地闭上了眼睛。他的一双大手在羊毛夹克的内袋里窸窸窣窣地搜寻了一会儿,仿佛它们是吉尔迦美什的十指,正切切地搜寻着他那失落的奇迹。姬莉安·培侯的眼底满是那张空荡荡的蛇皮的影像,一条纸薄的半透明蛇身,在水井边缘载浮载沉,而那活力饱满的水蛇早已在水面下消失得无影无踪。

"这意味着什么呢,我亲爱的女士?"老人再度启齿问道,"这意味着吉尔迦美什也终将一死——他曾手握仙草,原以为就此可以长生不老——但水蛇夺走了一切,偶然地夺走了一切:那畜生无意伤人,只是受到甜气吸引,如此而已。悲哀啊,得而复失;这是个无比悲哀的故事——在大部分的故事里,主角虽历经千辛万苦,最后往往也终能取得宝物而归,我是这么想的,但在这个故事里,千山万水之后还是让一个畜生意外地夺走了一切。他们是个悲哀的民族,无比的悲哀。死亡的阴影驱之不散,挥之不去,无时无刻不笼罩在他们头顶。"

当两人钻出博物馆,重新回到日光底下后,姬莉安·培侯将身上的土币现金如数交给了老水手;他匆匆看了一眼,数过,然后就收进口袋里去了。老人脸上头上的皱褶随着低头数钱的动作更是给缩成了一团,她根本辨不清他的反应,那小费究竟是太多还是太少。英国文化协会专车的司机已在馆外苦候多时,姬莉安连忙大步向前走去。当她回头欲道再见时,老水手却已然消失了踪影。

土耳其人的聚会总是热烈而精彩。在伊兹密尔的聚会来客多为欧罕的友人——学者、作家、记者与学生。"士麦那,"欧罕开口的当儿他们一行人正在开车进城的途中,车子沿着港边大道疾驰,一股浓浓的排泄物恶臭让车里的乘客一时全都屏住了呼吸,"商贾之城士麦那。"一车人随而抬头遥望坐落于圆丘上的宁静小城。"士麦那,臆测中的荷马出生地,经多数人同意的一则臆测。"

时值春季,空气轻盈,乍返的阳光充足而饱

满。他们在小餐馆中享用包了馅儿的红椒黄椒与葡萄叶、烤肉串,以及烟熏茄子;他们驱车出游,坐在小渔港边临时架起的简便桌椅旁,一边享用香烤鲜鱼,一边远眺那些仿佛自亘古以来就一直存在于那里的点点渔舟,一艘艘全都以天上的明月星辰作为名号。他们彼此交换故事。欧罕说了他当年与学校当局因蓄胡问题而起的一场风波。校方挟聘书为质,要求他剃胡——在现代土耳其,胡子被认为是宗教或马克思主义的象征,两者均非当局乐见。他当时碍于胁迫,不得不暂时剃去胡子,而今全都又长回来了,像刚刚修剪过的草坪似的,欧罕说道,甚至变得更浓更密了。话题接着转向诗人与政治:哈利卡纳索斯的流亡海外,纳齐姆·希克梅特的系狱十数载。欧罕随口引了一首希克梅特的诗,《泣柳》,说那骑士坠马,说那红衣骑士随着嗒嗒的马蹄声消失在漫天尘土中。蕾拉·赛伦于是跟着引了一段法鲁克·纳菲兹·恰姆利贝尔的《郭克斯》,里头也有一株泣柳:

当我心神回郭克斯

梦里花园屡落脚林间。

薄暮中蔷薇蒙纱

泣柳弯枝罩袍魅影。

乌秋戴胜老矣

黑暗中重唱古老悲歌

幽幽绿水闻之和之

内迪姆乘六桨轻帆破水而过……

姬莉安则说了自己在考古学博物馆中的奇遇。"说不定你是遇上了一个精灵哪。"欧罕说道,"精灵在土耳其文中拼成 CIN。以人形现身的精灵最是好认,错不了的。光溜溜的,全身无毛。他们可以任意幻化外形,但化成人形时全身无毛。"

"他穿了件毛茸茸的外套,"姬莉安说道,"但他确实全身无毛。他的皮肤黄澄澄的,蜂蜡般的颜色,上头没有一根毛发。"

"那就对啦。"欧罕说道。

"这么说来,"年轻的阿提拉说道——他曾在会中发表了一篇以"后宫的巴亚捷王"为题的论文——"示巴女王又是怎么一回事呢?"

"示巴女王又怎么啦?"欧罕反问道。

"嗯,"阿提拉说道,"传说示巴女王为精灵之女,生来就有一双驴子般的毛毛腿。因而当所罗门王自麦加南下示巴欲迎娶女王为妻时,示巴为取悦所罗门王,用尽一切油膏与香料药草去除腿上绒毛,好让一双腿像初生婴儿的皮肤般柔嫩白皙……"

"他乡自有他俗。"蕾拉·朵瑞克插嘴道,"人是无法确知精灵一族的种种的。至于培侯博士遇到的那个波斯说书人,在我看来,倒还比较像是卡马拉尔扎曼故事中的那个土灵,你觉得呢?"

他们一行人还去了一趟以弗所。就某方面来说,这是一座弥漫着死者气息的白色古城——来访者脚下的大理石街道是千百年前圣保罗也曾走踏过的;那些圆柱与门廊,那些不复昔日风华的图书馆、神庙与女像柱,如今依然兀自矗立在春阳底下。年轻的阿提拉蹙着眉头,一路行色匆匆,口中喃喃抱怨这神庙遗址让他不寒而栗。姬莉安原以为他是为那些死者亡灵而恼,谁知他脑中所想要比这来得单纯而直接多了——他担心的是地震哪。此话一出口,连姬莉安也不由得感染了他的恐惧。

博物馆里矗立着两尊以弗所的阿尔忒弥斯雕像;阿尔忒弥斯神殿是上古七大奇景之一,曾一度尘封十数世纪之久,后来终于十九世纪,在一个顽固的英国工程师约翰·泰特·伍德的坚持下,才给重新发掘了出来。大阿尔忒弥斯像造型较为朴实无华,同众神之母西布莉一般,她的头上也戴着角楼造型的头冠,像座小型神庙似地套在她的头顶与鬓边,小神庙的拱梁下方则栖息着几座斯芬克斯像。她的身躯像根圆柱般耸然挺立:腰臀线条依稀可见,但其上则覆盖着一条由来自田野、林间与天空的三方野兽构成的长裙——其中包括公牛、公羊、羚羊、飞天公牛、飞天人、狮面女身飞天斯芬克斯像,以及巨型僧侣蜂——蜜蜂是阿尔忒弥斯的象征,也是以弗所城的象征——这群野兽三三两两以精密的几何队形罗列于石刻长袍上。除此之外,她浑身上下还缀有许多石雕花果,全都与神像一体成形:她的臂弯处蹲踞着数头雄狮

（她的双手已然逸失），她的头饰或面纱上则排列着几头飞天公牛，佛如盘踞在考古学博物馆大门口的守护精灵。至于她的胸前则垂挂着——一如椰枣树上挂着椰枣——三排硕大饱满的乳房，最上排有七只，接下来两排则各有八只。而小阿尔忒弥斯像——土耳其人与法国人皆昵称她为美丽阿尔忒弥斯像——则矗立于一道砖墙之前；她的面部特征少了些埃及味儿，倒多添了一份东方风情，隐约透露着一抹含蓄的微笑。她的身上也穿着一件由来自天地二方的野兽交织而成的长袍，公牛与羚羊，飞天公牛与斯芬克斯，而她的乳房阴影下则横卧着雄狮数头。她的头饰上同样也缀着飞天公牛，但她的角楼头冠则早已逸失。她的双脚倒还保存完整，外头覆着一圈近似扇贝或蛇尾的抽褶饰边，另外还有蜂巢高筑于脚边。她的眼皮多褶，双眼却炯炯有神：女神睥睨人间。

众人在女神像前驻足赞叹。欧罕屈腰参拜，而蕾拉·朵瑞克与蕾拉·赛伦则向姬莉安·培侯悉心讲解神殿的礼拜仪式，以及她何以见得是位远比希腊人的阿尔忒弥斯或罗马人的戴安娜还要古老许多的女神；一位亚洲人的女神，西布莉、阿斯塔特、伊什塔尔，集丰沛的生气与残暴的杀戮两个极端于一身的女神——她的神殿由无数处女与娼妇衷心供奉服侍，她的男性祭司在极度的狂热中挥刀自宫，一如那些垂死的神祇：塔木兹、阿提斯与阿多尼斯，用他们的鲜血染红长河，直奔向海。天下女性曾为这几位垂死的天神同声悲泣，蕾拉·赛伦说道。咸信柯勒律治就是在对此般哀悼仪式的描述记载中找到灵感，因而写下了"女人为她的魔鬼恋人锥心悲号"的名句。

神殿里曾有过一位祭司，蕾拉·朵瑞克接着说道，人称 Megabyxus，在波斯文中是"被神解放"的意思；据判他应该是个来自外邦的阉人。神殿中还另设三位女祭司——处女祭司、新祭司、未来祭司，以及专事教导年轻祭司的老祭司。这些女祭司被称作 Melissae，即"蜜蜂"之意。除此之外，在男性祭司中又分为永远踮着脚尖走路的阿克罗贝祭司，以及艾赛尼祭司——Essen 是另一个非希腊文字眼，意指"蜂王"——当年的希腊人浑然不知蜂群是由蜂后来带领的，但我们今天已经知道了……

"那乳房实在触目惊心。"姬莉安·培侯说道,"一如美杜莎头上的小蛇,太多了,多得无度,即使井然有序也无妨它们的惊心。"

"曾有人指出那并非乳房,而是蛋,"阿提拉说道,"重生的象征。"

"它们不可能不是乳房哪。"姬莉安·培侯说道,"你不可能见着如此形象却不将它们解读为乳房。"

"还有人这么说过,"蕾拉·朵瑞克微笑地说道,"那些乳房状的东西其实是公牛的睾丸,是献给阿尔忒弥斯女神的贡品;人们把它们挂在她的脖子上借以彰显女神荣光,如同当年挥刀自宫的祭司们将他们割下的睾丸环在她的颈上一般。"

它们是如此地成熟而饱满,却又坚硬沉甸。

"它们是多重的隐喻,"欧罕总结道,"它们同时是许多东西,一如斯芬克斯像与飞天公牛之集多重象征于一体。"

"你也拜倒在她裙下了,我们的女神裙下。"蕾拉·朵瑞克说道。

她不是你们的,姬莉安在心里反驳道。你们是后来才来到此地的民族。她更古老,也更强壮。然后她又想到:不过说她是你们的总比说她是我的还来得贴切些。小阿尔忒弥斯像,或说是美丽的阿尔忒弥斯像后方的那堵砖墙上挂着长串的塑胶常春藤,全让阳光给晒褪了色。

两个蕾拉与姬莉安·培侯一道站在小阿尔忒弥斯像的前方,这会儿她俩一左一右,将姬莉安架在中间,笑盈盈地各自搂住了她的一只胳臂。

"我说培侯博士哪,"蕾拉·赛伦说道,"你这会儿可得许个愿了。在我们土耳其的传说中,如果你站在两个同名的人中间许愿,那愿望就会成真。"

蕾拉·朵瑞克高大丰盈,而蕾拉·赛伦则娇小玲珑;两人同样有着深棕色的大眼与光滑的肌肤。对照之下,姬莉安·培侯不禁自惭形秽了起来,格外地感到自己的局促与笨拙。她原本早已习惯忽略这种感觉。她开口应道,不住也跟着笑开来了。

"我当个叙事学者资格也够老了,早就清楚

许愿难得有好下场。许愿者的原意总是会遭到扭曲，结果一切就全走了样。"

"只有愚蠢的愿望才会啦。"蕾拉·赛伦说道，"只有不经思考胡乱许下的愿望才会这样。"

"是啊，就像那个捡到神奇灵鸟的农夫。鸟儿给了他三个愿望，他脱口就说想要一串香肠，他炉上的煎锅里果然立刻出现一串香肠；他的妻子连声咒骂，说这愿望蠢极了，说他大可要求荣华富贵却偏偏要了一串香肠，农人一气之下脱口又说他希望这香肠粘到妻子的鼻子上去，这下可好，他只得用掉最后一个愿望让妻子恢复原状。"

顷刻之间，那鼻子上粘着一串香肠的北欧村妇的影像就活灵活现地出现在胸前垂挂着一丛乳房的女神前方。众人笑开了。"你就许个愿吧，姬莉安。"欧罕鼓励道，"你聪明得很，不至于许下什么傻气的愿望。"

"在英国，"姬莉安说道，"切蛋糕许愿的时候，我们都会竭力吼叫出声，好吓跑厄运吧，我猜。"

"你现在也可以如法炮制啊。"蕾拉·赛伦

说道。

"这里又不是英国。"姬莉安·培侯说道,"而且今天也不是我的生日。我看我就省了这个力气吧,还是遵欧罕的命,专心来许个聪明的愿望。"

她闭上眼睛,全心全意地许了愿,眼前是一片熟悉的红光跳动,耳中则是血液汩汩流经血管的模糊声响。她准确而仔细地许了愿,希望来秋在多伦多举行的那场叙事学会议上,自己能应邀发表主题演说;接着,她忍不住又追加了一段,要求一张头等舱来回机票与一家附有游泳池的旅馆——算是一套成组的愿望吧,她向着眼后与耳中的隆隆血液奔流声解释道。她睁开眼睛,在微笑的阿尔忒弥斯女神面前轻轻地甩了甩头。所有人都笑了。瞧你一副认真的模样,她们说道,再度亲昵地捏了捏她的胳臂,然后才终于松手放她走,笑声始终不绝于耳。

一行人信步穿越了古今建筑比肩而立的小城,来到位于以弗所另一端的古剧场遗址。欧罕站在倾圮的舞台上，随口吟出一段咒语般的土耳其诗文——他随后回头向姬莉安解释道，方才那是狄俄尼索斯的开场演说，是他在《酒神的伴侣》中那段骇人却又迷人的开场演说。他伸出一只大手，朝肩头一挥，霎时仿佛穿上了一件罩身斗篷，也罩住了底下那个一派西方绅士模样的微笑欧罕，他高大，威猛，他在台上迈开大步——"听着，姬莉安。"他说：

> 吾欲揭露之事即以轻言之
> 亦足空泛汝身冻彻汝心
> 瞠汝目如星辰回旋初生，
> 解汝心中锁放汝心中闸。
> 耸汝额上发
> 如豪猪脊上刺。
> 惟此不朽篇章又岂是
> 凡夫俗骨所能听闻。

"天使与牧者保佑我们。"姬莉安说道，笑意满脸，想起了年轻欧罕在学生舞台上的英姿，更想起了贝利尼画笔诠释下的征服者穆罕默德，一派的雄辩滔滔，一派的万夫莫敌。

"当年勇啊，"欧罕感叹道，"真是当年勇哪。这是他的角色。莎士比亚曾亲自粉墨登场扮演哈姆雷特父亲的鬼魂一角。这你知道吗，阿提拉？那一字一句当年也都曾在莎翁口中溜转过一回哪。"

"但不曾在这座舞台。"阿提拉说道。

"是吗，"欧罕说道。"这会儿可是了呀。"

天使让姬莉安想起了圣保罗。圣保罗曾在以弗所身陷囹圄，是天使现身解救了他。她小时后曾百般无聊地坐在主日学的课堂上，一只天外飞来的苍蝇徒然地冲撞着小礼拜堂高处的窗子，嗡嗡声忽隐忽现，却不绝于耳。她还记得自己痛恨这些有关圣保罗与其他使徒的故事，因为它们是真的，他们说这些全都是真实的故事；而这阻断了一切想象的可能与空间，也许这是因为他们强要她相信这些故事的真实性，而她因而愈发不信。她曾化身哈姆雷特，曾化身他亡父的鬼魂，曾化身莎士比亚；她曾亲眼见得弥尔顿笔下的巨蟒与巴格达之贼的飞天骏马，但圣保罗的天使却始终死气沉沉地待在怀疑的阴影下,因为他们百般强调这些故事的特别,就因为它们**确确实实**曾经发生过。圣保罗来到以弗所城,苦劝众人阿尔忒弥斯不是真神,因为她是人手造出来的。也许他曾站在这里,就是这里,在这座剧场里,她慢慢地领会到;这个真实存在过的血肉之躯,这个外邦人的使者,曾一度站在这里,在她脚下这一小片土地上。这迫切的真实叫她一时无法置信;因为,在她脑海中,比起她稍后遇上的狄俄尼索斯、阿喀琉斯与普里阿摩斯来,圣保罗始终是如此的死板,如此的虚假。但他确实曾怀着满腔对人手造的假神的愤怒来到这里。他确实改变了世界。他曾是基督徒的迫害者,却在往大马士革的路上被一道强光照亮了双眼(就那一刻,他不再是个样板人物),从此改信耶稣,虽然他不曾亲炙真神,但却从此将传播真神信息视为此生唯一要任。在以弗所,他引起了"非同小可的骚乱"。他传道的内容激怒了一名唤作德米特利斯的银匠,此人原是以制造阿尔忒弥斯的银神龛维生的。这德米特利斯号召以弗所城的民众起而反抗那名口口声声宣称

"人手所做的不是神"的外邦人；他向城中众人说道，那外邦来的传道人"不独会让我们这事业被人藐视，就是大女神阿尔忒弥斯的神庙也要被人轻忽，连亚细亚全域和普天下所敬拜的大女神之威荣，也要消灭了"。

"众人听见，就怒气填膺，高声呼喊着说，伟哉以弗所的阿尔忒弥斯。

"满城都轰动起来，众人拿住与保罗同行的马其顿人盖乌斯与阿利斯塔克，齐心涌进剧场里去。

"在那里，众人同声高喊伟哉以弗所的阿尔忒弥斯，如此约有两小时。"

后来呢，这番动乱虽然终给城里的书记给安抚下去了，但保罗也因此起程往马其顿去了。

最终，这直言不讳的使徒还是成了商机与阿尔忒弥斯神威的手下败将。

"不知你是否曾听闻，"蕾拉·朵瑞克说道，"你们的圣母玛利亚后来来到了以弗所，最终也死在这里。不过这就跟荷马出生于伊兹密尔的传闻一样，尽可信尽不可信，反正人们是这么说的。十九世纪有个德国妇人，在病褥上见得圣母显灵，看到一幢位于山丘上的小屋，后来人们就根据她的描述来这里找，果真也让他们给找着了，至少他们是这么说的。我们称那个地方叫作帕纳郁-卡普拉，山上还盖了一间基督教堂。传说玛利亚追随圣约翰来到以弗所，最后也就终老于此。"

曾经，在伊斯坦布尔的一家夜总会里，姬莉安没由来地大吃了一惊，为的只是她偶然在那夜总会的墙边瞥见了一座圣母像——那雕像让人漆成了甜腻腻的粉蓝粉红，约莫真人大小，兼具有装饰品与衣帽架的功能，一如欧美夜总会里常见的维纳斯石膏像或是多手印度女神像。顷刻间，她看到了——她真真切切地看到了那个垂垂老矣的妇人，一个子宫早已挛缩枯萎、双眼空洞无神的老妪，一个曾亲眼目睹自己唯一的儿子被残暴地凌迟至死的老妪，来回游走在以弗所的街道上，静静地等待着死亡的降临。之后，这老妪，这死去多年的老妪的一部分却变成了众神之母，叙利亚女神,加冕的女王。她突然清楚地意识到自己一身松弛老死的皮肤。她想到了阿尔忒弥斯的双眼,想到她那骇人的威仪,想到她那饱满的乳房、睾丸或卵,以荣耀之名层层垂挂在她的胸前。她乍然明白了,真或不真全然不是重点,这女神从过去,到现在,到可预见的将来,始始终终都比她,姬莉安·培侯,更有生气,更有活力,更有无上的威权——她会一直矗立在这里,矗立在她的子女,在欧罕的子女,在他们的子女的子女的面前,不变地微笑着,而她,而欧罕,却早已化成了大气中的缥缈微粒。

就在她玩味着这新得的体悟的当儿,就在她站在这古剧场的中央、身旁围绕着一群笑融融的朋友的当儿,曾随着格丽西达的幻影一同出现的那种生命突然中断的奇妙感受再度向着她席卷而来。她企图伸手碰触欧罕,却怎么也动不了;她感觉自己仿佛置身一朵嗡嗡作响的乌云内部,点点星火明灭闪熠,而她闻得到花香,她听得到自己的血液呼啸着流经血管,但她却怎么也无法牵动身上的任何一条神经、任何一束肌肉。片刻之后,一阵呜咽化成液体，汹汹涌上她的喉头，而欧罕终于察觉她的异状，伸手搂住她的肩膀，安抚她，直到这感觉渐渐散去。

在前往伊斯坦布尔的飞机上，欧罕忍不住开口问道：

"恕我多事。但，姬莉安，你还好吗？"

"很好，从没有这么好过。"姬莉安答道；从很多角度看来，她说的确是实话。但她知道欧罕还在等她的回答："此言不假。我确实是感觉到前所未有的生气勃勃。但近来，我似乎也意识到我的命运——也就是说，我的死亡——的脚步迫近，一次次地显影在我眼前，似乎在提醒我，它已经到了，已经离我不远了。这不是一场拉锯战。我不抗不拒。它突如其来地袭向我，滞留片刻，然后又突如其来地退下，散去。我愈是感到生气勃勃，它愈是突如其来地席卷向我。"

"你打算去看个医生吗？"

"在我觉得如此**神清气爽**的时候，欧罕？"

"很高兴听到你一切无恙。"欧罕说道。飞机缓缓降落在伊斯坦布尔机场的跑道上,乘客间响起一阵欣然的掌声——也许是对机长飞行技术的嘉许,也许是在庆幸自己再度成功躲过命运的追击。

到了伊斯坦布尔后,与太太鹣鲽情深的欧罕欢欢喜喜地与家人团聚去了,而姬莉安·培侯则乐得在旅馆中暂时地安顿下来。这家旅馆名唤"佩丽宫"——不是位于金角湾对岸欧洲古城的那家著名的佩拉宫——是一家新建的旅馆,也是姬莉安私下最偏爱的那种:一张坚实的大床,一间明亮典雅的浴室,电梯,游泳池,以及雅趣暗藏、俯拾皆是的当地风情——瓷砖镶嵌喷泉,浴室里缀有石竹与矢车菊图样的土耳其瓷砖,小客厅里织着丝光繁花的地毯。整幢建筑围绕着蜂巢般的室内中庭而建,小阳台层层叠叠,以双层隔音玻璃门及半透明的丝质淡金色窗帘与室内隔开。姬莉安迈入中年后才迟迟培养出对于游泳的喜好。长途飞行对人类的身体算是一种不小的折腾——尤其是中年女性的身体吧,也许——肚腹灌风,脚踝水肿,膝盖成了两块圆鼓鼓的软垫,手指脚趾更是肿得水亮水亮的。姬莉安早已学会初下飞机时万万不可往镜子里瞧，反正就一个肉乎乎的怪物罢了。她学会尽速往游泳池跑，不管疲惫的身躯如何老大不愿意：气压引起的肿胀只有水压能细细地除之驱之。姬莉安抵达的那天，佩丽宫的泳池恰巧空无一人，是小了些，但亦无可抱怨。泳池位于地下室，状如巨型水槽，四周铺满了墨绿色的瓷砖，金色灯光自池内往外照明，至于池身内部则铺上了画着菊花与石竹图样的蓝绿色瓷砖，边缘还镶着一圈金色的拼贴图案，与池内灯光相互辉映，闪闪熠熠煞是好看。这无上的幸福哪，姬莉安情不自禁地欢叹出声——她顺着荡漾的绿色水波划去，尽情伸展这副萎靡不已的身躯，霎时只觉全身的血液与神经仿佛都化成了纯粹的能量——她像条水蛇，拖着圈圈涟漪，纵身向前游去。在这秘密地下水池中，只有一波波绿水温柔地舔舐着她的下巴；她的耳里满是水花激荡的低语轻吟，她的眼里满是绿，水上水下满眼的绿，间或交织着道道金光。她潜身入水，她悠游翻滚，她轻轻晃松绞紧的腕踝，旋即仰身泅泳，让发丝如扇披散在如镜的水面上。纠结的肌肉松开了，心肺在胸腔中稳稳地跳动，这副身躯终于重新找回了生气与欢愉。

当欧罕尽地主之谊领她参观托普卡帕宫时，她的骨子里还残留着那份泳后的慵懒舒适。他俩从皇宫高处的窗子向外眺望，一个巨大的深色水池默然矗立在参天松柏之下，多少年前，多少后宫嫔妃曾在此泅泳戏水。苏丹的浴池也位于后宫，却不若眼前春阳下的露天水池，而是深藏在他母后的寝宫中，由重重机关警卫守护住，以防刺客刀剑趁其不备。在此地，一如在以弗所，无数真实故事中的爱恨情仇不请自来地涌上了姬莉安·培侯的心头。眼前的囚笼里曾关过多少苏丹王的亲生骨肉，他们坐困于此，等待后宫阉人以丝绳取走他们的性命，为的只是要确保中选太子的王座。多少不合君意的嫔妃曾被装入麻袋中，活生生溺毙于此；也是在这里，多少俘虏、多少不合君意的仆佣曾在苏丹王的一时心血来潮下，无端丢了人头。在如此无边恐惧之中，他们是如何生存下来的呢？姬莉安开口说道：

"约莫就像是你口中的舍赫亚尔以及我口中的沃尔特吧——对某些人来说，手握他人命运可以为他们带来无上的快感。也许，这是因为这么做会让他们产生幻觉，以为自己终究也掌握了自己的命运……"

"也许吧。"欧罕说道，"也许他们根本就轻忽生命，不管是他们自己的命，还是任何人的命。"

"你真的认为他们是这么想的吗？"

"不。"欧罕说道，一边环顾着周遭这迷宫般的暗房密室，"不，不全然是。我们只是喜欢这么说罢了。他们笃信来生。这是我们无法想象的。"

领着她在伊斯坦布尔大小名胜中穿梭的欧罕，在言谈之间，似乎也愈来愈像个土耳其人了。这会儿，他俩正站在穆拉德三世金碧辉煌的王座前——那宝座上镶了无数的翡翠玉石，坐垫则是用金白两色的丝绸制成的——欧罕有感而发地说道：

"我们是个游牧民族。我们从蒙古，从中国横越草原而来。我们的王座是随时可以移动搬迁的宝物,我们的君王在大帐篷里会见朝臣。我们将心力投注在微小的物品上:短剑、匕首、金盆与金杯。"她突然忆起了那首诗,他幽幽吟唱的那首诗,那旋律,那红衣骑士。

在索菲亚大教堂里,姬莉安·培侯第三度与命运擦身而过。索菲亚大教堂是个充满迷惑与矛盾的地方:内部空间虽然宽阔无比,却像个回音袅袅的空洞;巨大的圆顶虽然仰之弥高,却是建在方形的墙面上,不免启人疑窦。它曾是一座基督教堂,后来又让攻入城的奥斯曼土耳其人改成了清真寺,如今倒给当成一座博物馆保存了下来。它外头增建有几座宣礼塔,内部墙上则镶嵌着拜占庭帝国历任君王与基督教圣母圣子的拼贴像,这些镶嵌圣像历经多次损毁与复原,早成了一片魅影幢幢的残破斑驳。查士丁尼大帝采用来自各地的原料建成此堂,他遣人从希腊与埃及运回列柱与各式建筑装饰,其中包括搜括自以弗所女神殿的圆柱数根。它可以是——姬莉安·培侯原本期待它是——一个多方文化汇流交融的处所——东方与西方,基督教与伊斯兰教——但它不是。它像是一座元气丧尽的大型空仓,早让数不清的战役、掠夺与宗教暴动丧尽了元气。也许曾有万般风华荟萃于此,如今却只是过往云烟,早已不可追。这些想法萦绕着姬莉安的心头,而欧罕竟也是一派木然,摇身再度变回那个欧洲风范的学者,一径指着墙上的镶嵌壁画,超然地叙述着它们的意涵,甚至扯远了话题,聊起自己近来对于曾风靡六十年代的马尔库塞理论的最新反省。"这儿有一根石柱,挺有意思的,"他含糊地说道,"应该就在这附近,那石柱上头有一个洞还是什么的,人们径往那里许愿,我想你应该会有兴趣瞧瞧,如果我找得到的话。石柱在人们经年累月的抚摸下,活生生穿出了个洞来,我倒忘了那是做什么用的,不过我想你会有兴趣见识一下。"

"我其实无所谓啦。"姬莉安说道。

"他们在石柱上包了一层铜壳作为保护,"欧罕说道,"但络绎不绝的朝圣者却还是将铜壳给摸穿,摸透了,那石洞又再度裸露了出来。欸,到底在哪里呢，我应该找得到才对。好一个滴水穿石哪，这会儿该说是信念穿石吧；我觉得这挺有趣的，可惜我就是记不起来那究竟是**做**什么的。"

一会儿之后，他们终于找到了那根石柱；一户人家早了一步，已将石柱团团围绕住了。那户人家看似来自巴基斯坦，一个父亲领着妻子与两个女儿——三个女人全都密密地裹在华美的蒙面纱丽中，一个是蔷薇色抽金纱，一个是镶着银线的宝蓝，一个是孔雀般的炫目色泽。三个女人将石柱团团围住，几双手或轻抚石柱，或进出石洞，吱吱喳喳地轻声谈笑，像一群乖顺的小鸟。那父亲穿着黑色外套，一派威严；他欺身接近欧罕，询问他是否会说英文。欧罕称会，他于是要求他代为翻译一本法土对照的旅游指南中，一段关于这根石柱的叙述。

在此同时，那三个裹在层层丝料里的女人轻笑着围住了姬莉安·培侯，一人伸出一只挂满金镯金链的手，轻轻扯住她的衣袖，她的手，直往石柱拉去，而软语笑声始终不曾停歇。她们轻触姬莉安的肩膀，柔柔地环住她，或推或拉，微笑着，几只小手半哄半诱地将她的手塞进了那石洞里去,然后比手画脚地指导她接下来的动作:用手抚过石洞内壁,一圈,一圈,再一圈。姬莉安·培侯本能地将手抽了出来,一则出于卫生上的顾虑——那石墙曾被千万人摸过——一则出于更原始的、对于可能会存在于黑洞中的某种湿黏滑腻的不洁之物的恐惧。但女人十分坚持;三双小手出奇的有力。洞里积有某种液体,石柱内部的一摊不明液体。姬莉安的皮肤上爬满了疙瘩,几个女人抿着嘴角笑开了,而欧罕一径将书上的土耳其文翻成英文,解释给那男人听。他说道,显然,这石柱曾让奇迹疗者圣格利高里碰触过,并因而被赋予了神奇的力量;石洞里的水对于眼疾与生育方面的毛病疗效尤其不凡。女人们这会儿笑得更大声了,团团簇拥着培侯博士。那父亲跟欧罕宣称道,他已访遍大小伊斯兰圣地;他说他已行遍万里,看尽了天下事。他对欧罕说道,想必阁下您也曾进行过类似的朝圣之旅。欧罕笑而不语,不置可否地点点头,一派兴味盎然的模样。西方文明尽是邪恶,黑衣朝圣者继续说道。邪恶,腐败,正朝那黑暗深渊堕落而去。但力量正在兴起。种子已播下，火苗已燃起；星火即将燎原，大地即将重生。他是这么说的，这个道貌岸然的一家之长；他傲然站在索菲亚大教堂中，脚下的石砖曾一度让鲜血染得通红，身旁这片空旷曾一度堆满了尸体——姬莉安·培侯只觉圣堂精神已死，但也许这只是因为她感觉不到已然浴火重生的崭新圣灵，那股充塞眼前这家人胸怀的新生力量。她只是感到恐惧。欧罕，姬莉安观察到，倒是颇为自得其乐。他神色庄严地频频点头，不时插话发问——"这么说，您一定亲眼见过真主显灵啰？"——他让对话不停持续下去，同时未曾出口更正，任由对方将他当成了一个前来朝圣的虔诚教徒。

他的家人就跟着他到处去，朝圣者说道。带她们开开眼界罢了。她呢，会说英语吗？

他显然是把姬莉安当成了一个沉默的穆斯林妻子。方才欧罕忙着寻找神奇石柱时，她就一直跟在他后方两步之遥处。欧罕正了正神色，答道：

"她是英国人。她是位应邀来访的教授。一位杰出的学者。"

欧罕，生长于凯末尔一手创建的新土耳其的欧罕，正好整以暇地享受着眼前这一幕。凯末尔解放了被禁锢的女性。蕾拉·赛伦与蕾拉·朵瑞克都是他的子民。手中握权的女性，思考自由的教授。欧罕热爱戏剧，而眼前正是由他亲手揭发的戏剧性的一刻。巴基斯坦绅士面有愠色。他与姬莉安面面相觑；两人脑中，姬莉安心想，都浮起了他方才说过的那一段话，关于伦敦是条腐臭的阴沟，关于英联邦是具腐尸，正要萎缩崩解至无形云云。她无法直视他的眼睛，因为她是英国人，她为他感到尴尬。而他也无法直视她的眼睛。她不过一介女流之辈，根本不该出现在这里，在这座曾是清真寺的博物馆中，身旁的男人甚至不是她的丈夫。他吆喝打发家人上路——三个女人脸上依然挂着微笑，轻柔地挥动一双双高雅的小手，向姬莉安道别。"嗯，"欧罕开口道，"伊斯坦布尔是各方文化汇流之处。你不喜欢这根石柱是吧，姬莉安？瞧你这一脸乖顺的模样。"

"我不喜欢索菲亚大教堂。"姬莉安说道，"我原以为我会喜欢的。我喜欢这个字眼，'索菲亚''智慧'。我喜欢它同时代表女性与智慧，我原本期待我能感觉到些，嗯，感觉到些什么的，在她的殿堂之中。结果呢，却出现了这么一个积水的石洞，专让人求子求女用的。在一根很可能就是来自阿尔忒弥斯神殿的圆柱中。"

"我以为那石柱来自他处。"欧罕说道。

"如果我是个专爱玩弄字眼的后现代学者，"姬莉安说道，"我会在'圣索菲亚'（Haghia Sophia）一词上大作文章。说她垂垂老矣，终于成了一个干瘪的丑婆娘，一个女巫（hag）。但我不能，我尊重文字的来源出处；haghia在希腊文中意指神圣。hag是我的字，是个来自北方的字眼，跟这里扯不上关系。"

"你这可是说出口了。"欧罕说道，"即使你不愿承认。很多来此地访问的美国学生就是这么认为的，女巫就是女巫嘛。一提到干瘪老妪他们的兴趣就来了。"

"我倒不。"姬莉安否认道。

"你说就是。"欧罕说道，一点也没有揭露他个人对女巫与老妪的看法，"咱们还是往露天市集去吧。购物有益于西方女性的身心。东方女性当然也不例外。男人又何尝排除在外。"

这倒是真的：中央市集比起索菲亚大教堂的空旷厅堂要来得明亮而有活力多了。一条条拱廊下是一片片栉比鳞次的商铺，一个个全是阿拉丁的宝窟，里头摆满琳琅满目的神灯与魔毯，以及目不暇接的银饰、铜饰、金饰、陶器与瓷砖。在这些铺子里头，也许坐在堆满油灯与浴池冲水罐的陈列台后方的扶手椅上，也许盘腿坐在一捆捆如小山般的地毯上头，总会有那么一两个欧罕以前的学生，为他们端来一杯杯土耳其咖啡，或是装在郁金香形的玻璃杯中的玫瑰花茶，然后一一详加解说铺子里的商品。那个地毯商人曾写过一篇以"特里斯特拉姆·商第"为题的博士论文，如今却骑乘骆驼或坐吉普车，深入伊朗、伊拉克与阿富汗的山林中，带回一捆捆华丽的波斯地毯。他在姬莉安面前摊开一张张以当年最流行的苍白色系织成的基里姆绣毯，三十年代式样的蛋壳青与粉蔷薇红，迷迷蒙蒙的一片青红淡灰。不，姬莉安说道，这不是我要的。她要的是浓烈的色彩，饱满的亮蓝、绯红腥红、纯金与暗褐，花团锦簇的老式地毯，满满一枝头的奇花异鸟。善变的西方人啊，布兰特，如今的地毯商人说道，他们今年说他们想要这些苍白迷蒙的色彩，远在印度与伊朗的女织工们于是死命采买毛纱与丝线，等到明年，毯子织好了，他们却又改变了心意，说他们想要深黑亮紫与鲜橙。一句话毁了那些女人，血本无归哪，好端端的一捆捆地毯就堆在那里任其腐烂。我想你会喜欢这张毯子，布兰特边倒咖啡一边说道；这是一张婚毡，陪嫁用的挂毯，挂在游牧民族的帐篷墙上作为装饰用的。上头绣的是一棵生命之树，绯红深黑衬着子夜蓝。你会喜欢的。哦，是的，姬莉安赞叹道，脑中浮起了这深色的枝丫底下衬着樱草丘家中的米白色墙壁的影像；那如今已是专属于她的房间了。一个不知名的织工，一个女人，将这树发落得无比坚实，无比繁复，看似绚烂夺目，实又细微精妙。我没法杀价，姬莉安同欧罕说道，我是个英国人。这下你可会眼界大开了，欧罕笑道，就等你亲眼瞧见你的一些英国同胞们是何等精谙此道。你放心吧，布兰特是我的学生，他会给你个合理的价格的，就算只是看在"特里斯特拉姆·商第"的分上。突然间，姬莉安觉得好多了，体内重新充满了生气与活力，将石柱里的水洼与忧愁老妪全都抛到脑后去了，安安稳稳地躲在这个阿拉丁的宝窟里，身旁满是神奇魔毯与各式令人神往的手工艺品，一个不知名的女人的婚毡，善感的斯特恩关于落地前的生命的不朽幻想曲，从精致的铜壶里倒出来的黑咖啡——无比丰美的滋味，几乎让人无法承受的甜腻与浓郁。

欧罕的另一个学生在市集中央的商店广场中拥有一小片店面，小店的窄墙上挂满了锅、盆、油灯、水瓶、皮革制品、一些用途费人疑猜的旧工具、把柄上刻有浮雕装饰的匕首与猎刀、骆驼皮制成的皮影人偶，以及装香水的细颈玻璃瓶。

"我打算送你一份礼物。"欧罕说道，"当作是告别的礼物。"

（他第二天即将起程前往美国得克萨斯州，

参加一个在达拉斯召开的、以家族史为题的叙事学研讨会。姬莉安则必须在英国文化协会做一个小型演讲，之后三天才将由伊斯坦布尔飞返伦敦。)

"我决定送你几个皮影人偶，卡拉格兹与哈西瓦特。这是波斯神话中的灵鸟，斯摩夫；这儿还有一个女人和一头龙。我猜她是个女精灵，肩上栖伏着一只长了翅膀的飞兽，我想你会喜欢她的。"

几副皮偶被妥妥当当地包裹在暗红色的棉纸中。趁着店东打包礼物的空当，姬莉安就在小店中随意四处翻看；在一堆新旧交杂、显然尚待分类整理的货物堆中，她发现了一只积了厚厚一层灰的玻璃瓶。约莫巴掌大小，纤长的瓶颈末端附了一颗圆球状的玻璃瓶塞；瓶身近墨黑，有一抹白色涡旋云纹盘绕其上。姬莉安收藏玻璃镇纸有年：她醉心于玻璃这种天性矛盾的材质——如水般透彻，却又厚重如石；如空气般不可见，却又坚实如土。在高温的炉火中，由人类亲口吹制成形。在孩提时代，她就经常盯着一只里头安睡着一座城堡与漫天雪花的玻璃球细细端详；及长，玻璃球渐显无趣，她于是将这份依恋转移到镇纸上头去——方寸之间蕴含着斑斓的光影色块，暖暖内含光；将这一小方天地握在掌中，把玩观看，那几何色块随着光线切入的角度不同竟也显得风情万种，或舒展或收缩，变幻无常。如果可能的话，她每趟旅行总会带回一个镇纸作为纪念。她已经买了一只土耳其镇纸，巫婆帽般的圆锥造型，顶儿尖尖的，把玩不易；又像颗冰块似的，泛着冷冷的绿光，里头是一圈圈的同心圆，蓝色黄色白色复蓝色，圆心深藏底部，不受邪灵眈眈虎视的侵扰。

"这是什么？"姬莉安询问欧罕的学生费耶兹。

他从姬莉安手中接过那只细颈瓶，用手指拭过上头的灰尘。

"我对玻璃艺品不算在行。"他说道，"这可能是一只 çesm-i bülbül。不过也可能只是近代的威尼斯玻璃。çesm-i bülbül 意即夜莺之眼。在因基尔科一地曾有过一个相当著名的玻璃工坊——约在一八四五年左右吧，我想——专门出产这种著名的土耳其玻璃，以几乎不透光的绀蓝为底，上头缀有白色螺旋云纹；有时也可能是红色云纹，如果我没记错的话。至于'夜莺之眼'这名字的由来我就不清楚了，可能是因为夜莺的眼睛也同时兼有透明与不透明的部分吧。我们土耳其人可迷夜莺了，写了多少诗歌礼赞它们。"

"那是污染前的时代了，"欧罕说道，"在电视发明之前的时代，一到初春时节，人们便会结伴在大小花园中漫步，沿着博斯普鲁斯海峡岸边漫步游走，等着聆听那年的第一声莺啼。多么美丽的画面哪！就像日本人与樱花。整个民族，穿梭在初春薄雾之中，凝神倾听。"

费耶兹引了一段土耳其诗歌，欧罕随而将之译成英文：

<blockquote>
夜雾拢聚林中，夜莺噤声不语

粼粼天幕沉没溪中

鸟儿鼓翼重返湛蓝海岸

口叼绯红小珠如阳光万丈。
</blockquote>

姬莉安说道:"我要定这只小瓶了。虽然它的名字与外形并不相符,却同样令人神往。但它如果真是一只夜莺之眼,想必所费不赀……"

"也许它根本不是。"费耶兹说道,"也许它只是威尼斯玻璃。十八世纪期间,许多土耳其玻璃工匠纷纷前往威尼斯学艺,十九世纪的土耳其玻璃工艺技术约莫也就循着这个脉络发展下去。我就把这瓶子当作是威尼斯玻璃卖给你吧,因为你喜欢它,你大可将它想象成夜莺之眼,也许,想象终会成真;也许,它始终都是……"

"费耶兹当年的博士论文曾以叶芝与拜占庭为题。"欧罕说道。

姬莉安试着扭动瓶塞,轻轻地,生怕损坏了纤细的瓶身;瓶塞不为所动。于是费耶兹取来相同的深红色棉纸,将玻璃瓶细细地包了起来。几杯玫瑰花茶之后,姬莉安带着收获返回旅馆。当晚,她再赴欧罕家中,享用了一顿以乐声与茴香酒为佐的告别晚餐。第二天,姬莉安独自在旅馆房中度过。

在与世隔绝的旅馆房中,时间仿佛也循不同的轨迹前进。心思意识懒洋洋地飘浮,膨胀,而身体却给框在这一片明亮的空间中,愈形渺小。脑子里什么都装得下,也可以长长一段时间什么都不装。姬莉安一旦落得在旅馆房中独处,总禁不起一把抄起电视遥控器,一个频道转过一个频道的诱惑:躺在专属于她的大床上,身陷重重鲜红嫩黄的蔷薇花海,手持菱形黑盒对准荧幕,指头专横地搁在鲜艳的按钮上,一摁一放,一摁一放。透明的影子闪闪熠熠,走马灯般晃过荧幕;她还可以随意调整音量:人车杂沓声、小提琴乐声,某个人声预言着某处又将有战事爆发,另一个人声则喜滋滋地承诺着,那酸奶/橘子汽水/水果软糖/冰冻玛斯巧克力棒是如何如何地美味可口。或者,她也可以摁下静音按钮——她确实也比较喜欢这么做——登时让荧幕变成了一座魅影晃动的皮影剧场。罗纳德·里根一脸微笑地张口闭口,遥远的表情伴着遥远的演说一起装在一只遥远的方盒子里。飞机化成一团熊熊火焰,坠落山区;事实抑或特效?神父驾驶赛车。沿悬崖公路飞驰;剧情抑或广告？土耳其农人站在田中，讨论满园又肥又大的番茄；新车又来了，奔驰山林田野间，从摩天高楼而降；美艳女郎伸出舌尖，轻舔紫莓巧克力软糕，继之以一记满足的叹息；巨大的嗡嗡蝇往牛只身上猛然一叮，好个特写镜头。一连数辆满载士兵的吉普车，灰头土脸的士兵们头戴钢盔，手持机关枪，一路挥舞，呼啸而过，事实抑或虚构剧情？到底是哪一个？还有网球。

以法文转播的网球赛。红土沙漠般的球场，地点是日正当中的蒙特卡洛，两个小时前才刚从伊斯坦布尔上空掠过的正午艳阳：这显然是场实况转播。一场男子网球赛，在一个运动频道上——在那个世界里，唯一会发生的故事也是一段无止境延续的故事，一段设计精巧的叙事文本：人类的身体（该说还包括心灵吧）紧绷，延伸，奋战，而后胜，而后败。培侯博士在以叙事学为题的演讲中，总会来上这么一段开场白——她说，当初设计出网球规则与计分系统的人不折不扣是个第一等的叙事天才，几可与古时将雇佣分成三人一组，犯错时施以连坐法处罚的老祖宗们媲美。因为，在网球赛中，双方实力愈是平分秋色，计分规则的巧妙设计就会使得胜负愈是难定。遇到关键性的平分或是6平的局面时，单方得要连续攻下两分才能确保胜局，之后甚至得连赢两局才得确保胜场；如此一来，不但场内气氛剑拔弩张，同时也保证了观众看球的乐趣。她钟爱观赏电视转播的网球赛一如她儿时钟爱聆听床边故事。摄影师的取镜技巧往往也能让她赞叹不已——选手那张汗涔涔、因压力而紧绷变形的脸，惊人准确的脚步移动，以及反复以慢动作重播的悍然腾跳，足以让飘落的叶片看似滞留在空中的慢速，慢，慢，滞留在空中，仿佛摄影机的凝视已让那些肌肉发达的男选手们一个个都停挂在空中，在他们鼓胀的汗衫里。她一直到没人会再苛求她亲自下场的年纪才真正爱上了网球；这时她方能安心做一介旁观看众即可。她兴味盎然地欣赏着眼前的几何世界：地上那一条条难度渐增、代表希望与绝望的白线，金澄澄的圆球，飞扬的红土，横竖交织的方格球网。她还是个挑剔的读者/观众。实况转播要比录像转播来得迷人多了，即使是一场她无从事先得知胜负比数的录像球赛；因为，那代表着总会有某处的某人，已经**知道了**比赛的结果，一切都成了过去式，一个原本精心设计要带给观者最大满足的开放性结局如今却成了定局，再说未定只是愚弄，只是欺骗。在实况比赛中，一切都有可能发生，天会崩地会裂，黑暗会降临。实况比赛是活的，是一段进行中的故事，朝着一个还属未知，但**几乎可以确定**终会发生的结局进行。就是那**几乎**二字：无限乐趣就寄托于其中。

一场实况转播的网球赛（贝克尔对勒孔特）将于一小时后开始。还有时间先去冲个澡，姬莉安拿捏着，痛痛快快地冲个热水澡，然后再边看转播边让头发身子自然干去。她扭开淋浴间里的龙头——淋浴间位于浴室的一端，里头缀有许多黄铜装饰，落地玻璃门上蚀刻着攀缘玫瑰，布满尖刺的枝叶间还栖息着许多小巧的鸟儿；像个玻璃笼似的，缘上镶着一圈黄铜。龙头流出来的水有些混浊，甚至还带点黄铜色，但热腾腾的，姬莉安于是也就安然入浴，在喷洒而下的水柱间悠游玩耍，为双乳细细抹上肥皂，轻揉发根，偶然低头，哀悯地注视着那些早不禁细看的部位，胸下起伏的纹路，肚腹松弛的肌肉。伸手欲取毛巾时，她突然想起了十年前，大约就是十年前罢，她曾自满地凝望自己颈上的肌肤与坚挺的胸部；她曾自忖未老，无可挑剔。她也曾试着想象眼前这紧致光滑的肌肤有一日终将拢起发皱，终将松弛老去，但当时的她怎么也无法想象。这是她的皮肤，这就是她，这一切何以不能持续永久呢？她没有失去理性，她知道眼前一切终将让步于岁月，是一身的活气活现对她扯了谎。而今一切逐日流逝：她的眼皮上出现了松软的褶痕，原本清晰的唇线日益模糊，一上唇膏那红色的染料便沿细纹洇染至周围的皮肤上。

她赤身走到浴室的全身镜前，在佩丽宫旅馆的四十九号房里。镜面上蒙了一层摇曳的蒸汽，在一片模糊之中，姬莉安隐约瞧见死神朝她走来，披挂的长发乌黑潮湿，眼窝是两团朦胧的黑影，液化了般的脸上一张大嘴张开，满是恐惧。她黯然低头，不愿再直视镜中影像，只是转身将浴袍从透明塑胶封套里取了出来。柜子里还有一双白色毛巾料拖鞋，上头绣着金色的"佩丽宫"字样。之后，她又用大毛巾将头发整个地裹起来盘在头上，总算是从头到脚都打点妥当了；这时，她想起了她的夜莺之眼，决定将它拿到水龙头底下冲洗一番，好还它本色。她解开层层包装——那小瓶还真是脏**透**了，厚厚一层灰直像是黏土似的裹在瓶身上——然后将它拿到浴室里，打开洗手台的水龙头，调整好水温，约莫体温上下，接着便将瓶子置于水柱下方，来回冲洗。渐渐地，玻璃露出了绀蓝本色以及上头的白色线条，深深的蓝，深沉而亮眼，闪闪熠熠的，甚是动人。她在水柱下反复翻转瓶身，用手指搓弄上头几个顽固的污斑，突然间，她手中的小瓶活跳跳地抖动了一下，像只青蛙，又像是外科医师手中一颗依然鼓鼓跳动的心脏。她一阵手忙脚乱，企图抓稳瓶身，自己的心脏倒是猛然一抽，霎时间她仿佛看到浴室里撒了一地的蓝色玻璃碎片。幸好瓶子安然无恙，只是那瓶塞在一阵模糊的吱嘎声后，突然地迸射开来，随着又一阵的叮当声毫发无伤地掉落在水槽中。接着，从依然紧握在她手中的瓶子里涌出了一团似蜂群，又似蒸汽的黑色物体，快速地移动着，伴随着尖锐的嗡嗡声以及一阵奇异的气味——混杂了木柴燃烧味、肉桂味、硫黄味，以及一些不明的香料气味——不像皮革味，却又叫人说不定。黑云拢聚成状似巨型变形虫或逗号的一团，呼啸着窜出了浴室。这一定是幻觉，培侯博士心想，一边企图跟着走出浴室，却已经走不出去了——浴室门口叫一个巨大的东西给挡住了；她花了一段时间才慢慢认出来，那原是一只脚，五只指头清清楚楚的一只脚板，几乎与她等高，指头上面覆着五块奇大无比的黄趾甲，皮肤则是橄榄色的，泛着一层金光，像蛇皮，却又不似鳞片，只是有如上了一层金漆似的熠熠荧光。半透明的，如真似幻。姬莉安伸出一只手。有，那东西确实在那里，热热的，不至于像燃烧的煤块般灼热，但比她用来冲洗瓶子的温水热多多了。干干的，几乎带电。脚踝的皮肤底下一条血管隐隐跳动，金绿色的管子，里头流窜着几近墨绿色的液体。

姬莉安站在原地，不住地打量着眼前这只巨

脚。不管这是什么，有脚如此，而身体其他部分比例也正常的话，就这一个旅馆房间是不可能装得下的。那么，其他部分又跑到哪里去了呢？就在她百思不解的当儿，外头也传来了动静；那声响听来像是某种语言，深沉，粗嘎，却又如乐音般流畅，内容听似咒骂，但用的却是她从没听过的语言。她拾起掉落在水槽里的瓶塞，将它紧紧地塞回去，然后站在那里静观其变。

那只脚开始改变形状。先变大，接着又缩小了一些，让出了一个足以让姬莉安侧身通过的小缝，但她决定少安毋躁。那脚现在差不多只剩一张大型扶手椅大小，并在持续的缩小中，姬莉安因而决定出去探个究竟。咕咕哝哝的声音依然不断，也依然叫人辨不清内容。姬莉安一脚踏入房间，一个精灵赫然映入眼帘：他占据了房内一半以上的空间，庞大的身子像条蛇似的扭曲盘绕，头与肩膀顶着天花板，两条伸长了的臂膀恰巧沿着两边墙壁兜了一圈，两条长腿与身躯大半盘坐在那张大床上，装不下的部分则任由其滑落在地板上。他穿着一件类似罗马式的绿色丝质长衫，不甚干净，尺寸也显然有些太小——姬莉安忍不住注意到，他那庞然的男根就大剌剌地堆在她那张蔷薇色的大床的正中央。他的身躯后方有一大片闪亮亮的羽毛，五颜六色的，像孔雀，像鹦鹉，像天堂鸟的羽翼；羽毛看似连在一件罩袍上，而罩袍则看似连在他身上，怎么说也不像是一双理应从肩胛或脊椎部位冒出来的翅膀。精灵调整一下扭曲的身子，低头俯瞰着姬莉安；就在这个当儿，姬莉安也终于辨识出那股复杂的气味中的最后一个成分。男人的气味。强烈而沁人心脾的男性体味。

他的脸是一个完整而硕大的椭圆，上头不见一根毛发。他的眼皮同样也是椭圆形的，瘀伤似的两片青绿，覆盖着底下两颗缀着斑斑金光红光的海绿色眼珠。他的颧骨高耸，鼻梁是傲慢的一弯鹰钩，双唇宽平有如埃及法老。

如今看来无比渺小的电视机被他一掌抄起，一方荧幕上红土飞扬，鲍里斯·贝克尔与亨利·勒孔特一个箭步急急向前，随而又向后弹跳，交换着脚步，冲刺迎战。网球击地声砰砰不绝于耳，精灵拉长了一双形状典雅的大耳朵,凝神细听。

他对姬莉安开口说话。她说道:

"我想你大概不会说英语吧。"

精灵重复了一遍刚刚的话。姬莉安只得问道:

"法语?德语?西班牙语?葡萄牙语?"她犹豫了一下。她忘了拉丁文的拉丁语怎么说,也并不真的确定自己能以拉丁语与人交谈自如。"拉丁语?"她终于还是以英文问出口。

"**我说法语,**"精灵以法语说道,"**意大利语也可。待过威尼斯。**"

"**就法语吧。**"姬莉安说道,"法语我说得比较流利。"

"很好。"精灵以法语答道,"我学得很快。你的母语是……?"

"**英语。**"

"小一点还是比较好。"他说道,换过了话题,"舒展舒展身子确实也是舒服。用你们的时间算来,打从一八五〇年起我就一直待在那小瓶子里了。"

"是局促了些,"姬莉安说道,一边在脑中搜寻着正确的法文字眼,"在这里。"

精灵打量了一下荧幕上的两个小人。

"大小不过是个相对的字眼。万物皆然。这些人就小极了。我该再缩小一些才是。"

他也真照着做了,却是全身分开进行的;有那么一瞬间,他整个已缩得只比常人大上一些的身子竟几乎全给挡在他那依然硕大无比的男根后方,男根随后缩小,让他塞回了胯间。直像是某种形式的夸耀。之后,他自在地蜷曲在姬莉安的床上,体型约莫只剩她的一倍半大小。

"我蒙恩于你,"精灵说道,"你将我自瓶中释放了出来。我有权,或该说,我有此义务,为此准你三个愿望。"

"这三个愿望,"叙事学者问道,"可有限制?"

"好个不寻常的问题。"精灵说道,显然还是让小虫般的贝克尔与勒孔特分去了不少心,"嗯,不同的精灵确实拥有不同的能力。有的精灵呢,就只能准人一些小愿小望……"

"譬如说一串香肠……"

"我们的一切行事都必须在超自然界的律法下进行,不得有所违抗。比如说,你就不能许愿要一切如愿。三个愿望就是三个愿望,不得多也不得少。此外,你也不能许愿长生不老;凡人终将一死,一如精灵终得长生。应自然之力必将走上崩解之途的东西,我无法以任何神奇魔力将它们继续拼凑在一起……"

他说道:

"能再度开口说话真好,即使用的是我不甚习惯的语言。你能不能跟我说说,这些小人是什么东西做成的,还有,他们究竟在玩什么把戏。看来倒有些像是我曾在苏莱曼一世的宫廷里见识过的皇家网球……"

"在我的语言里,它就叫作'平地网球'。你瞧,球赛就是在泥土地上进行的。我很喜欢看网球赛。这些男选手,"她脱口而出,"真是俊美。"

"确实如此。"精灵同意道,"但你们又是怎么把他们关到那里头去的呢?这里的大气中存在着许多我参不透的东西——嘈嘈杂杂,拥挤不堪——我在我的或你的语言里都找不出字眼来指称它们——某种生物放射电波,不只是生物,还有水果、花草,以及遥远的地方——还有某种高度精密的竞技比赛,里头一堆小人横冲直撞的,直叫我措手不及,像飘浮在空中的一堆微粒——在我被拘禁在瓶中的岁月里,外头显然发生了一些可怕的事情——我几乎无力招架,身子几乎被冲击得无以成形,原有的力场被搅得一团乱……这些人是魔术师吗,或者你是个女巫,施法把他们关进了小方盒里?"

"不不,是科学。自然科学。这叫作电视。光波声波与阴极射线等等等等——我不懂那些原理,我不过是个研究文学的学者,怕是懂得不多——总之我们拿它作娱乐或信息用途。现代人多半都会看它吧,我想。"

"6平,第一盘。"电视里传出声音,"**决定性的一球。由贝克尔发球。**"

精灵皱了皱眉头。

"我还算是个有些法力的精灵,"他说道,"我有些眉目了,这东西究竟是怎么运作的。你想不想拥有自己的小人呀?"

"我只有三个愿望可许。"培侯博士小心翼翼地说道,"我并不想在一位网球选手身上花掉一个愿望。"

"**悉听尊便**。"精灵答道,"你是个聪明而谨慎的女人。这三个愿望你随时可许;根据超自然律法的规定,在你许完三个愿望之前,我都必须留在你身边,供你差遣。一些不肖精灵为了及早脱身,往往会诱人匆匆许下一些愚蠢的愿望,但我敬畏真主,不屑从事这种不体面的勾当(虽然我大半时间都给关在那只瓶子里了)。但不管你怎么说,我还是想试试宝刀,看看能否抓下一个漫天飞窜的小人儿。它们散在大气中,沿着波流前行——不若我辈——我们化身其中而行——我想我可以拦下其中一个——这其中的乐趣呢,就在于运用事物构成的定律,将拦下的射气加以浓缩强化——这事用魔法去办当然轻而易举,但我这回宁可来个半空拦截——像这样……还有那样……"

一个小小的鲍里斯·贝克尔——淡茶色的眉毛,金色的身躯上的每根金色的毛发都沾着闪亮的汗水——出现在五斗柜上头,约莫是电视影像的两倍大小，而荧幕上的他则冻结在一记发球动作中。他眨了眨盖在蓝眼珠上的淡茶色睫毛，举目四望，但显然什么也看不清，看到的只是一片模糊朦胧。

"妈的！"小贝克尔诅咒道，"妈的！这到底是他妈的怎么一回事啊？"

"我可以让他看到我们。"精灵说道，"他自当敬畏万分。"

"把他送回去吧。不然他输定这一盘了。"

"我也可以把他放大。真人大小。我们还可以跟他说话。"

"把他送回去吧。这样是不对的。"

"你不想要他吗？"

"妈的。我怎么什么都……"

"对，我不想要。"

荧幕上的贝克尔僵在原地，球拍停在半空中，头往后仰，单脚着地。亨利·勒孔特朝网前走去。播报员宣布贝克尔急病发作，精灵闻言大乐，这发作可是他发落下的大作哪。"妈的！"一脸绝望的迷你贝克尔再度出声。"把他送回去，"培侯博士半命令地说道,随后急忙加上一句,"这不能算在三个愿望里头。你觉得怎么做好就怎么做;但你要知道,你这么做可是伤了千千万万人的心哪,世界各地的人;一下子搅乱了故事——抱歉,**职业病**犯了——我该说,搅乱了比赛……"

"为什么你们的小矮人不是立体的?"精灵问道。

"我不知道。科技尚无法突破。也许将来吧。这你恐怕已经比我还清楚了,虽然你在那瓶中待了这么久。请你送他回去吧!"

"好吧,就为您这一句话。"精灵一派骑士风范地说道。他一把拎起小贝克尔,把他当陀螺般一扭一抛,口中念念有词,下一秒,荧幕上的贝克尔便突然瘫软成一团,晕倒在球场上。

"你伤到他了。"姬莉安语带谴责地说道。

"不至于吧。"精灵给了个似是而非的回应。蒙特卡洛的贝克尔摇摇晃晃地站了起来,双手捧头,接着便在旁人的搀扶下踱出了球场。

"这下比赛不得不中断了。"姬莉安愤愤地说道,随即讶异不已地以手遮口,这样一个女人,床上盘坐着一个活生生的精灵,竟然还有心情去关心一场未完的球赛。

"你可以许愿要他没事啊,"精灵说道,"但他反正不会有事的。也许吧,或者我该说,十之八九。你还是把愿望留给自己吧。"

"我希望,"姬莉安说道,"我的身体能变回我上一次还能真正**喜欢**它时的模样,如果你办得到的话。"

绿色大眼定定地盯着她那裹在浴袍与毛巾下的厚实身躯。

"这我办得到。"他说,"我办得到。如果你真能确定这就是你心之所欲的话。我可以让你身上的细胞变回当时的状况,但我无力延缓你的死亡。"

"谢谢你多礼为我指出这一点。是的,这即是我心之所欲。这就是我过去十年来日夜痴心妄求的梦想,其他管他哪。"

"但,"精灵说道,"在我看来,你现在的模样就已经够好的了。广而丰而润,夫人,乃人心所向。"

"在我的文化中则非如此。除此之外,岁月不只留下痕迹,它还引起衰坏。"

"此为意料中事,但却非我所能心领神会。我辈火之子,无谓衰坏。凡人尘土生,必将化回尘土。"

他举臂向她,一指微微前伸,神似米开朗琪罗笔下的亚当。

她感到腹壁与松颓的子宫一阵激烈的挛缩紧收。

"很高兴看到你喜欢成熟女人甚于青涩少女。"精灵说道,"在下所见略同。但你这理想中的形貌未免稍嫌单薄。你难道不想再丰腴一些吗?"

"容我先告退一下。"姬莉安说道,突然羞怯了起来,速速退回浴室中。在那里,她解开浴袍,从雾气散尽的镜面上看到了一副坚实美好的三十五岁女人的身躯——乳房饱满而不松软,小腹平坦,大腿细致光滑,乳头浑圆微红。这副平实动人的身躯上头泛着一层深深的蔷薇色,仿佛刚刚浴火而来,又似恰恰洗过一场蒸汽浴。她阑尾部位的刀疤还在，一九四四年为躲避空袭，不慎让楼梯上的一只破瓶给刺伤膝盖的旧疤也还在。她细细端详镜中的这张脸：称不上美丽绝伦，却健康而生气洋溢，无可挑剔；颈项如圆柱般无瑕，而牙齿更加整齐也更加牢固了，她满足地看着感觉着。她解开盘绕在头上的大毛巾，一头长发顿时披泻而下，潮湿、松塌、色泽饱满。我可以这样走到街上去，她同自己说道，我还是我，无牵无挂、自由自在的我，别人不会错认；只是，我会**觉得**更好，会更加喜欢自己。这是个**聪明**的愿望，我不会后悔的。她梳开一头湿发，回到房内；那精灵好整以暇地横卧在一床被褥上，眼睛依然盯着荧幕上的鲍里斯·贝克尔——刚刚输掉第一盘的他这会儿正如一头猛虎般来回搜寻着属于他的这一方球场：第二盘战火方炽。精灵的身旁散落着几本摊开的书报——从床头柜抽屉里拿出来的购物指南杂志、基甸版《圣经》，甚至还有一本《古兰经》——显然，趁着姬莉安待在浴室的期间，他已经将它们全都翻过了一遍。一番阅读之后，他看似业已经由某种大脑皮质的渗透作用而通晓了英语。

"嗯,"他改用英语说道,"那向外观看如晨光,美丽如月亮,皎洁如日头,威武如展开旌旗军队的是谁呢?这就是你的语言;我发现它的规则并不难学。关于这第一个愿望的结果,夫人哪,您满意否?这儿,我们有个小姊妹,连胸脯都没有;女大当嫁之日来临时,我们又能为她做些什么呢?我从这些图片看来的结论:你们这时代的人哪,偏爱没有胸脯的女人,像男孩儿似的。是某种禁欲苦行的诡异呈现呢,或者只是乖张偏执?也许,也许。我不是那种须得埋伏在澡堂里,从后方奇袭俊美少年的精灵。我曾朝夕相伴各方仕女——大名鼎鼎的示巴女王本尊,还有书拉密女——那书拉密女呀,乳房如成串葡萄与成熟石榴,颈项如象牙高塔,吐气如苹果芬芳。男孩就是男孩,女人就是女人,我亲爱的夫人。这些影像有着妩媚的大眼倒是,看来她们精通锑粉妆点之道。"

"如果你曾经伴随示巴女王身侧,"学者说话了,"你又怎么会被监禁在一只我相信是铸造于十九世纪初的瓶子——不管它是夜莺之眼,还是威尼斯玻璃——里呢?"

"那是一只夜莺之眼无误。"精灵说道,"且曾深受首任主人的珍爱。那是美丽的赛斐儿,士麦那商人穆斯塔法·伊敏之妻。我会跑进那瓶子里,纯粹是个愚蠢的意外,不然就是因为我太过沉溺于与女性之间的交游了。那是我第三度遭受监禁:我将来可要更加小心行事才是。在你斟酌剩下的两个愿望期间,我很乐意同你说说我过往的那些际遇;我对你的故事倒也挺好奇的——你是人妻呢,还是孀妇?还有,你又怎么会住在这间华丽非凡的房间里——这儿叫作佩丽宫是吧?我从你那几本烫金封面的书上看来的。我印象中的英格兰不外乎地狭与人情淡漠二词。我曾听过关于那几个来自北方列岛的苍白童奴的故事:他们被带到一名罗马主教面前,那主教脱口说出了'非天使更若天使'一句。我也曾从士麦那的商站驿站里听来了一些关于北方商贾的种种。传言英格兰人士体壮肤红,腰不能弯,嘴不能笑。但我早已学会将传闻流言置之度外;我就觉得你十分优雅可人。"

"我叫姬莉安·培侯。"培侯博士说道,"我是个独立的女性,一个学者,我研究故事叙说与叙事学。"(她决意将这个有用的字眼介绍给他;他的一双绿眼晶晶亮亮的。)"我来土耳其参加会议,滞留一周便将返国。至于我的过往,我想你不会有兴趣听的。"

"恰恰相反。我暂且臣服于你,而详查在上位者的过往际遇总是明智之举。我一生大半在后宫里度过;在后宫里,深入了解那些看似平淡无奇的个人际遇更是件要紧事。示巴女王,我的半个表亲,是我所知唯一真正独立的女性;但我也明白,世情早有更动。一个独立的女性又会想望些什么呢,我的丽人仙后?"

"不多,"姬莉安说道,"所想所望多已拥有。我得想想。我得谨慎行事。跟我说说你三度遭到监禁的故事吧,如果你不会觉得无趣的话。"

稍后,她曾陷入揣度,回想自己如何能一径保持实事求是的态度,即使面对的是一名赫然出现在自己旅馆房中,举止一派泰然的神灯巨灵。在那当下,她只是毫不犹疑地接受了他的存在与他的一切说辞，一如她在梦中可能会有的反应——这也就是说，在某个程度上，她是明白的，这其中的些微差异，她明白眼前的现实并非日常现实，并非约翰逊博士以一记扎扎实实的脚踢滚石来驳斥贝克莱主教的唯我论的那个现实。在课堂演讲上，她常与台下听众提起，人类叙说故事的需求很可能就起源于梦境，而记忆在某些层面上也可能神似梦境。记忆会重组，会以更有条理的叙述去厘清；记忆不但是回想，也是发明创造。霍布斯，她尝告诉学生，就曾将想象描述为衰败的记忆。在与精灵共处一室的期间，她未曾想过自己可能会突然"醒来"，进而发现一切不过是子虚乌有；她倒是曾想过，自己——或那精灵——可能会突然转进另一度空间，人与精灵从此平行共存却不得相见。但他没有，他始终在眼前，他手脚的指甲坚实而光滑，皮肤光泽熠熠，他炯炯有神的大眼，他的羽衣，他的气味——混杂着香气与烟熏味，以及强烈的费洛蒙——如果精灵也有费洛蒙的话。这问题还不到提出的时候。她提议让客房服务送些食物上来；他们一起挑选餐点：炭熏蔬菜色拉、火鸡熏肉、甜瓜与百香果雪葩；食物推送进门时精灵从善如流隐身片刻，重新现身后又在桌上变出了一盆新鲜无花果与石榴，以及些许香气浓郁的土耳其甜糕。姬莉安说早知他有此戏法方才根本不必多此一举，精灵则反控她不解人意，他打从一八五〇年起就被关在一只不见天日的小瓶中，好奇实属自然（提到年代时，他还用法语加上了一句'以你们的算法'）——他强烈渴望见识今人今事。

"你们的奴隶，"他说道，"健康而面带微笑。这好。"

"那不是奴隶。我们早就没有奴隶了——至少在西方与土耳其是如此——所有人都是自由身，"姬莉安说道，话一出口便后悔自己这番简化。

"没有奴隶。"精灵思索道，"这么说，也没有苏丹啰？"

"没错。共和体制。这里。我的国家倒是还有个女王。她并没有实权。她是个，嗯，象征性的人物。"

"示巴女王拥有实权。"精灵说道，蹙眉沉思一番后又在桌上添了些椰枣、雪葩、烤鹌鹑、**糖栗子**以及两片**苹果馅饼**,"她尝吐露心事于我——当时,宫中屡屡传来所罗门王的捷报,他率军跨越大漠,节节南进,直逼示巴王国而来——她说:'我,堂堂一国之君,何以能委身婚姻牢笼,被一条无形锁链紧系于一介男子的床畔?'我直言要她抗拒如此安排。我告诉她,她的智慧理应只属她一人;我说,她理应自由如鹰,鼓翅振翼,驭风而行,将地面景致尽收眼底。我告诉她,她的身体固然丰美,但她的心智犹胜一筹,更丰更美且历时不衰——要知道,她虽兼有我族血统,身躯却如你辈易朽——人类与精灵产下的后代并不能因而长生不死,一如马与驴只能产下无种的骡子。她答以我言甚是:她斜倚卧榻,身旁尽是蓬松软垫。在那个外人难以一窥的深宫内殿里,她幽幽把玩垂散胸前的乌黑发丝,眉头深蹙——而我,我只能痴痴凝望着她那丰润诱人的乳房,那盈握纤腰,那两团恰如平滑沙丘的硕大臀部;我怀中纵有焚身欲火,口中却未曾吐露只字词组——她是曾狎玩戏耍于我;她打出娘胎起就认识我了,我曾隐身进出她的寝宫，亲吻她柔软的小嘴，轻拍轻摇襁褓中的她，一路看着她长大。我知道她身体的秘密，知道她最敏感的私处，那些只有内宫女奴才知晓的秘密。但这一切只是儿戏。于她，我亦师亦友；她曾屡屡求教于我：关于波斯王与比萨拉比亚王的意图，关于加扎勒诗歌的结构，关于治疗躁郁的药方，关于日月星辰排列种种。她说她知道我所言甚是，自由弥足珍贵，不容拱手出让；她说只有我——一个不死的精灵——以及少数内宫妇孺胆敢如是主张，除此，王国上下乃至于她的人类族亲，皆异口同声力主她下嫁所罗门王。那所罗门王啊，随着他横越大漠的脚步逐日欺近，他在女王心中的影像也就愈形巨大，一如我在她眼前的收放自如。当他终于进得城来，我当下即明白自己输定了：她渴望着他。他着实是个能叫女人春心荡漾的男子，他那裹在丝绸长裤里的胯间与臀部模样着实动人，他的十指修长而敏捷——女人到了他手里，很难不化成一架鲁特琴或一管长笛，任他吹弹奏唱——起初，她对自己的欲望尚无所知，倒是我，像个傻子似的，再三告诫她要多想想自己始终引以为傲的独立自主,想想自己得以随心所欲自由进出的权力。她说她完全同意我的话,她神色庄严地颔首称是,一度甚至落下一颗滚烫的泪珠——我不住伸舌为她舔了去——天可怜见,我从未如此渴望过任何女人——任何女人或是精灵或是仙子或是有如刚剥去外皮的栗子般清新可人的少年。于是,她给他出了一连串看似无解的难题:其一是要他在皇宫里找出一小截特定的红色丝线,其二是要他说出女王精灵生母的名字,其三呢,则是要他说出女人最渴望的东西——这下我更确定自己是输定了,因为他天生具有能与飞禽走兽与火生灵魔沟通交谈的能力;他找来蚂蚁为他觅出红线,又从炎魔那儿问来了女王生母的名号,最后,他直视她的双眼,说出了女人心底最最想望的东西,而她也只得俯首默认,依约许他所愿——娶她为妻,扫未扫花径,开未开蓬门——她微启朱唇里吐出的那一阵阵若有似无的娇喘是我之前未曾听过,之后也永远永远不得再听见的。而当他终于一举破了她的处女身,鲜红血丝洇上了丝绸被单时,我再也忍不住地呻吟出声,他于是意识到了我的存在。要知道，他是个伟大的魔术师，能见凡人肉眼所不能见者。他汗涔涔、赤裸裸地躺在那里，两人身上的吻痕啮痕斑斑可见——一全都位在最为微妙隐秘的部位，却不幸地历历在目——在她锁骨下方的柔软凹槽里，在——在他处，你想象得到的。幸好，他清楚地瞧见了床单上的处女之血，不然我的下场更是不堪设想。总之，他运用魔法，将我拘入卧房里的一只金属瓶中，又在瓶口亲自上了封印——而她却一语不发，不曾为我求情讨饶——虽然我笃信真主，并非魔王易卜劣斯的从众——她只是躺在床上，轻声叹息；我看着她伸出粉嫩的舌尖舔过一排贝齿，然后举臂轻触他身上那些方才令她销魂蚀骨的部位。而我，我什么也不是了，不过是瓶中的一缕薄雾轻烟而已。就这样，我被丢进了红海里，与海底那些与我遭逢相同厄运的同类们一同度过了无人闻问的两千五百年，终于才让一个渔夫给捞上了岸，之后他又将瓶子转卖给一名小贩，由那小贩将我带到伊斯坦布尔的市集里，最后是苏莱曼一世的女儿米赫里马赫公主的一个侍女将我买了去，将我带回旧宫的后宫里去。"

"告诉我,"姬莉安·培侯说道,硬生生打断了故事,"女人最渴望的东西是什么?"

"你还不知道吗?"精灵说道,"如果你还不知道,我就不能告诉你。"

"也许不同的女人会渴望不同的东西。"

"也许你就渴望着不同的东西。你的渴望哪,我的丽人仙后,我参不透哪。我看不清你的心意,而这引我好奇万分。跟我说说你的故事吧!"

"这没什么好说的。告诉我,你被米赫里马赫公主买去后又遭遇了些什么事情呢?"

"米赫里马赫为苏丹苏莱曼一世与侍妾罗克珊娜所生。罗克珊娜出身加利西亚,乃一介乌克兰教士之女,土耳其人称'荷伦',意即大笑之人。那罗克珊娜哪,同展开旌旗的大军一般骇人,一般可怕。苏丹原本宠幸古尔巴哈,春之蔷薇,但罗克珊娜硬将苏丹抢了过来,生下儿子后更以一番狂笑蛊惑苏丹立她为后;这可是史无前例的事呀,更何况她还身为基督徒呢。后来,宫里的膳房失了火——以你们的算法应该就是一五四〇年的事吧——她于是迁居皇宫后殿，那儿的一百名宫女与阉人全都吓得魂飞魄散，生怕当场给取出五脏六腑——但他们更怕她的笑声——罗克珊娜最后干脆住到皇宫里去了。米赫里马赫的丈夫，鲁斯特姆帕夏，在易卜拉欣被绞死后就当上了宰相。我还记得苏莱曼一世——他的圆脸蓝眼，他的鼻如公羊，身如狮，他满面须髯，颈长而直——他身形高大威猛，是个男人中的男人，一个无所畏惧、从不妥协的男人，一个了不起的领导者……后来的苏丹全都是些蠢货或没担当的家伙。这全是她的错，罗克珊娜的错。古尔巴哈的儿子，穆斯塔法，形貌性情与他父王如出一辙，假以时日必定大有可为；但罗克珊娜死命进谗言，说那穆斯塔法如何图谋不轨，说得苏莱曼王不得不信。一日，少年应父王召唤大胆进宫，等在那里的却是一群手执绞绳的喑人，他泪流满面地向那几名对他敬爱有加的禁卫兵求情，但喑人刽子手终于还是将他击倒在地，当场绞死了。这些我全看到了，是那小女奴派我去的——这小女奴这时可是我的新主子；她当那新买来的瓶子里装的是米赫里马赫公主沐浴用的香油,开了瓶,成了我的主子。她名唤古尔腾,是个出身切尔卡西亚的基督徒,长得是苍白虚弱了些,胆子也小,老是抽抽噎噎的,两只手扭啊捏个不停。在那个浴堂里,我一从瓶子里蹿出来,她就晕了过去,我花了好大工夫才把她弄醒,跟她解释那三个愿望,一边还得拼命安抚她,跟她保证我绝无恶意,根本不可能伤害她,因为在三个愿望全都实现之前,我不过是那只瓶子的奴隶。这可怜的小东西,暗恋穆斯塔法王子也不知道多久了,立刻许愿要王子爱上她。这还不容易哪!不久,王子果然遣人召唤她——当然,是我去跟他说的——我陪她进了王子寝宫,教导她如何取悦他——我刚刚才提过的,穆斯塔法的性情与他父亲如出一辙,醉心诗词歌赋,一派温文。接着,那蠢女孩竟然许愿要求怀孕……"

"这很自然啊。"

"自然,但愚蠢。还不如许愿**不要**怀孕呢;莽莽撞撞就用掉了两个愿望也是蠢。毕竟是两个热情如火的年轻人,怀孕还需要我来介入吗?无端浪费了一个愿望,大可把它用在更重要的事情上。

此外，罗克珊娜风闻古尔腾怀了穆斯塔法的孩子，怎可能坐视不管？她派了几名亲信阉人，将她封进一只麻袋里，从皇宫岬丢入博斯普鲁斯海峡。我从穆斯塔法被绞死的现场一路赶回来，心想，随时，只要她一想到我，许个愿——随便什么愿——希望自己离这里远远的——或是挣脱麻袋——或是回到切尔卡西亚——什么都好，我等了又等，等她吐出这最后一个愿望，我俩就双双得救了；我从此无羁无绊，她则得以活命，好好养大腹中的胎儿。但她的四肢僵冻，嘴唇因恐惧而发蓝发紫，一双蓝眼暴突而出——而那几名园丁——是的，刽子手原是由园丁兼任的——把她当作一丛枯萎的玫瑰般草草塞入麻袋中，一路扛到俯瞰博斯普鲁斯海峡的岬角上去。我随时准备插手营救——但我又想，她**总得**——管他是不是不由自主地——说出想要活命的愿望。结果，这么一耽搁，待我匆匆隐身穿过向晚的花园——园中玫瑰花开正盛哪，花香醺醺叫人迷醉——她却已经被扔入海中，活生生淹死了。唉，待我终于想清楚，断定她根本吓得六神无主无以成愿时，为时已晚，大势已去了。

"结果我就那样不上不下地僵在那里，"精灵继续说道，"被解放了一半，你可以这么说，终究还是让第三个未完成的任务羁绊住了。我发现自己在白天里只要不离瓶子太远，还算可以自由来去，但夜里却不得不再度委身瓶中，局促地度过一夜。这下我成了后宫里的一头困兽，眼看是走不出去了——殊不知那小女奴把瓶子藏在澡堂地上一块松脱的瓷砖底下，隐秘得很，除了那个淹死的切尔卡西亚女孩以外，他人根本无从发现。后宫里的那些女眷，老喜欢找些秘密地点藏些有的没的，就是想要拥有一两件私人物品——有时倒只是想要藏些秘密书信罢了——只要一想到这秘密专属于她一人，心中便窃喜不已。我根本没法引人来注意到这块瓷砖或瓶子；那超出了我的能力范围。

"就这样，我成了托普卡帕宫里的一缕幽魂，几乎有百年之久，让一条丝线——你可以这么诗意地说罢——给系在那只藏在地板底的瓶子上了。我看着罗克珊娜说服苏莱曼一世，去信波斯的塔马斯普沙阿——那时，他俩最小的儿子，巴耶塞特，正避居于波斯王宫中——要求他处死年轻的王子。塔马斯普沙阿基于待客之道拒绝了这项请托，但默许土耳其喑人进得宫中，执行绞杀任务。巴耶塞特与他的四个儿子就这样被处死了，就连他那躲藏在布尔萨、年仅三岁的幼子，也未得幸存。他原本可以成为一个英明的君主的——不只我这么想，当时的人们也都这么认为哪。"

"**为什么？**"姬莉安·培侯问道。

"这可是宫中的惯例呀，夫人。罗克珊娜一心只想确保她的长子塞利姆的王位；那醉仙塞利姆、酒鬼塞利姆、诗人塞利姆，喝得不知今夕何夕，终于溺毙在澡堂里的塞利姆。罗克珊娜尸骨已寒啰，依然长伴苏莱曼王身侧。米赫里马赫公主为了纪念亡父，请来伟大的建筑师锡南，盖了一幢足与索菲亚大教堂分庭抗礼的清真寺。多少苏丹在我眼前来了又去：穆拉德三世，绞死了五个亲手足，还不过就是个让女人把玩在掌心的奴才；穆罕默德三世，绞死了十九个亲手足后，又给他们办了风风光光的葬礼——后来，一个托钵僧预言他只剩五十五日的阳寿；到了第五十五天，他抖得像片风中落叶似的，果然也就一命呜呼了。我也曾亲眼目睹疯人穆斯塔法一世一生起伏的遭遇：年纪轻轻就被关进不见天日的牢笼里，被拱上王位后旋即又遭罢黜，少王奥斯曼二世遇害后，他再度为王，不久却又让残暴成性的穆拉德四世给赶下台。那穆拉德四世啊，夫人，其凶残无人能比。你能想象吗——他瞧见一群烂漫少女在草坪上围成一圈，唱歌戏耍，竟下令将她们如数溺毙，就因为他觉得噪音恼人？在那段日子里，宫中一片死寂，没人敢吭声，就怕无端招来他的注意。曾有人因为在他跟前被吓得牙关吱嘎作响，大祸也果真临头。即使在他自己死期将届的当儿，他还执意下令屠杀他唯一幸存的兄弟，易卜拉欣。但他的母后，希腊人柯塞姆，向他谎称死刑已执行完毕。我亲眼看到他挣扎着起身，真个是不见尸首不罢休，最后还是颓然倒回床上，在剧痛中合了眼。

"至于易卜拉欣呢，不过就是个蠢蛋，一个生性残忍的蠢蛋。他从小生长在后宫，终其一生都对后宫事物念念不忘。他听信后宫一个来自乌克兰北部的讲古老妪的说法——她告诉他,北方国王总在布满雪貂的房里与情妇交欢,卧床上、身上,到处都是雪貂。他听言如法炮制,命人以雪貂毛皮缝制了一件长袍,上头还缀着珍贵的宝石纽扣。他寻欢作乐时总爱穿着这件长袍;一段时日之后,这长袍气味之不堪可想而知。此外,他还坚信,交欢对象的肉体愈是庞大,身为征服者的他所能获致的欢愉也就愈形浓烈激越。于是,他派出禁卫军在帝国境内搜寻体型肥硕巨大的女子,将她们带到他的卧床上——在那里,他像头猛兽般,攀伏在她们身上,雪貂长袍的黑色衣角疯狂甩曳,摇摆。我就是这样被关回瓶子里去的:那其中最为丰腴、模样最近似一头气味甜美的母牛的一个——她的脚踝足足有你现在腰围的两倍大,夫人——她是个来自亚美尼亚的基督徒,性情温顺,老是喘吁吁的——就是她,她那庞大的身躯挪动了覆在瓶子上头的那块瓷砖——我倏地现身澡堂,她惊骇之余也只能揪着胸,大口大口地喘气。我告诉她,太后密谋要在当晚的晚宴上将她绞死;我原以为她会脱口而出一个愿望——希望自己能置身千里之外，希望太后先一步遭人绞死之类的——或者是小一些的愿望，例如'我希望自己能知道该怎么办'，若是如此，我就会告诉她该怎么办，然后我就自由了，我当即刻展翅高飞，远走天之涯海之角。

"但这个肉球般的女孩不但只顾自我陶醉，天性也迟钝了些，她当下竟只会说'我希望你再被关回瓶子里去，你这个异教灵魔。我才不想和你们这种肮脏的鬼怪有什么瓜葛呢。你好臭！'，而我呢，也只得再次化为一缕轻烟，伴着一声喟叹窜回瓶中，黯然移回瓶塞。接着，这女孩一把拎起瓶子，穿过我那苍白的切尔卡西亚主子也曾被拎着穿过的玫瑰花园，从皇宫岬将我再度丢入了博斯普鲁斯海峡。我本来想说，她大概很多年不曾这么激烈运动过了，但想想，这么说实在有欠公允——要应付易卜拉欣苏丹的饿虎扑，嗯，牛，也不算是件容易的事啊。当晚，她果真也就死在柯塞姆的手里，一如我所说的。啊，如果释放我的是那些好争好斗的后宫嫔妃，或是罗克珊娜或是克珊就好了，我的故事可能会再精彩一些，无奈我的命运哪,老遇上这些娘儿们!

"就这样,我在博斯普鲁斯海峡中一晃又是二百五十年,然后才又让另一个渔夫捞上岸,当作古董卖给一个士麦那的商人。那商人后来将我——或该说是我的瓶子——当成爱的礼物送给他年轻的小妻子,赛斐儿。赛斐儿在她的闺房里收藏了许多精巧古怪的瓶瓶罐罐;此外,她还嗜读各方历史传说与故事,是个美丽而聪慧的女子。因此,她一看到我瓶口的封印,即刻便明白其中必有蹊跷。她后来告诉我,她戒慎恐惧地思考了一晚,犹豫着,不知道该不该贸然开瓶;她说她想到了那个愤怒的精灵,在瓶中苦苦等候了数个世纪,迟迟等不到解救者的出现,他愤而立誓,解救者一旦出现,他即将悍然杀之。但她毕竟是个勇敢的女子,赛斐儿,不但勇敢,而且求知若渴,而且百般无聊;于是,一天,她趁着房中别无他人,一举推开了瓶口的封印……"

"她长得什么模样?"姬莉安问道,看那精灵似乎想得出神了,不禁好奇了起来。

他的眼帘低垂,鼻翼微微鼓动。

"啊,"他说道,"赛斐儿。她年方十四便嫁给了这个年长她甚多的士麦那商人;他待她好,够好的了,如果你认为待人如宠物小狗,如无知婴孩,如肥嘟嘟的笼中鸟称之为好的话。她长得也好,够好的了;她瘦削,黝黑,一双棕黑大眼神秘难解,嘴角则揪着许许愤怒的深刻纹路。她倔犟任性,阴晴不定,她愤愤不平;她百般无聊哪。商人还有个大老婆,她既不喜欢赛斐儿,也根本不和她说话;至于如云仆佣,她则老是觉得他们全都在背后讪笑她。她大半的时间就花在缝制图绘挂毡上了——将故事中的场景一幕幕绣在一疋疋丝绸上——《列王记》中的故事,鲁斯特姆与凯考斯沙阿的故事——那凯考斯沙阿哪,一心想学精灵翱翔天际,于是精心设计了一套装置:他将四只饥肠辘辘的大鹰绑在王座上,又在王座华盖高耸的柱子上绑了四条肥美多汁的羊腿;然后呢,他就在王座上坐稳了,任由那老鹰鼓翅追逐肉块,王座也跟着腾空而起,将国王一道带上了天际。但大鹰终于力殆,王与座于是从天而降——她绣的就是这最终的一幕,凯考斯沙阿头朝下地直往下坠，她还为他的着地绣出了一片似锦繁花，因为她敬佩他的巧思，也不觉得他是傻子。你真该看看她绣的那四条羊腿的，栩栩如生——或该说是如死吧。她是个才华横溢的艺术家，但她的作品却给埋没在深闺里了。她愤愤不平，因为她知道自己原可以成就许多事情的，多得她甚至无以细数，难以详述，于是它们反而变成了一场罩顶噩梦——她是这么告诉我的。她告诉我，那些蕴积的力量几乎要吞噬了她，她甚至怀疑自己是个女巫——除非，她说，如果她生为男儿身，这些在她脑中徘徊不去的想法或许就可行了吧。如果她生为男儿身，或是生在西方，她必定可与伟大的达·芬奇一较长短——达·芬奇设计的那个飞行器曾让苏莱曼王的宫廷上下津津乐道了一整个夏天呢。

"于是我教她数学——她多么热爱数学呀——我还教她天文学以及多国语言，一切都是秘密进行的，对了，我还教她赏诗——我们一起写了一首以示巴女王多次长征为题的叙事诗——还有历史，我教她土耳其史、罗马帝国史，以及神圣罗马帝国史——我为她买来各国语言写成的小说与哲学论文,康德、笛卡儿,还有莱布尼茨——"

"等等。"姬莉安说道,"这是她许的第一个愿吗?让你教她这些东西?"

"不尽然是。"精灵说道,"她许愿要变得兼具智慧与学识,而我熟知示巴女王,我知道一个有智慧的女人是什么样……"

"她为什么不干脆许愿**离开那里**呢?"姬莉安问道。

"是我建议她不要那么做的。我说那样的愿望注定出错,除非她先搞清楚了,自己究竟想要置身于什么样的时空里——我告诉她,一切都不急——"

"你喜欢教她。你享受循循教导她的过程。"

"世上很难再找出另一个资质跟她同等聪慧的人了。"精灵说道,"还不只是聪慧。"他神色一黯。

"我还教她其他事情。"他继续说道,"但不是一开始就教。一开始,我飞进飞出,为她带来一袋袋的书籍、纸张与缮本;后来我干脆将它们暂时隐形,收放在她收藏的那些瓶罐里。这样一来,她就随时可以从那个红色香水瓶里唤出亚里士多德,或是从那个绿色的泪瓶里叫来欧几里德,而不需要我的帮助——"

"这算是另一个愿望吗?"姬莉安紧追不放。

"也不全然是吧。"精灵含糊其辞,"我教会她一些小戏法——好帮助她——因为我爱她——"

"你爱她——"

"我爱她的怒气。我爱我自己能够让她化怒为喜的能力。我教会她一些她的丈夫不曾教她的事情,如何享受自己的身体,免除了那些故作诚服状的扭捏,省却了她那自私的丈夫的种种要求。"

"你一点也不急着让她展翅高飞——让她到适情适性的地方去施展这些新学得的力量——"

"不。不是这样的。我们快乐极了。我喜欢老师这个身份。对一个精灵来说,这颇不寻常——我们性喜作弄,误导人类。但你们人类很少有求知若渴如赛斐儿者。我有得是时间——"

"**她**可没有。"姬莉安说道。她试着融入这个故事,却似乎屡屡受阻于精灵自己的感情用事。

她不由自主地在心底埋怨起这个作古多年的土耳其奇才来了。这精灵——**她的精灵**——她很快地就这么认定了——似乎一想到她，嘴角便会泛起一抹如梦似幻的微笑。但她也为赛斐儿感到烦恼，为着那精灵竟同时想要扮演解放者与囚禁者的对立角色而发的烦恼。

"这我知道。"精灵说道，"她是凡人，会老会死的凡人。这我知道。今年是哪一年了？"

"今年是一九九一年。"

"她若还活着，今年就该有一百六十四岁了。而我们的孩子也会有一百四十岁了。怎么可能还活着哪。"

"孩子？"

"火与土之子。我原本计划带着他飞行，行遍天涯，带着他去看看那些城市、那些蓊郁森林与蔚蓝海岸。他很可能是个天才——可能。我甚至不知道他是否曾呱呱坠地。"

"或她。"

"确实。或她。"

"后来怎么了？她到底许了**任何**愿望没？还是

你迟迟不让她许，好将她收为禁脔？你又怎么会跑到我的夜莺之眼里去？我不懂。"

"她是个冰雪聪明的女人，跟你一样，我的仙后，她深知等待才是明智之举。后来——我想——我知道——她开始希望——她渴望——我能够永远留在她身边。全世界都在那小房间里了。我从世界各地为她带来各式珍稀——绫罗绸缎，甘蔗与万寿果，片片绿冰，多纳泰罗的珀尔修斯像，一笼的七彩鹦鹉，瀑布，长河大川。一日，她不经心脱口而出，说她希望与我同游美洲——她懊悔不已，几乎咬下自己的舌头，也几乎脱口用掉最后一个愿望，但我及时伸出一只手指，封了她的口——她反应极快，瞬间就明白了我的意思。我吻过她，然后我们就一起飞到巴西，到巴拉圭，看那亚马孙河，看它壮阔如海，看雨林中的珍禽异兽，看那些人迹罕至的处女地——她紧依在我胸前，在羽衣底下，暖暖的，紧贴着我的心脏——在密不见天的雨林上头，在那片天空中，我们曾遇到了几个同样也披着羽衣的妖精仙怪——然后我就把她送回到她房中，而她则因为旅途的欢愉与返家的落寞霎时便晕了过去。"

他再度中断了故事。原本正品尝着土耳其甜糕的培侯博士只得出声促他继续说下去。

"所以她用掉了两个愿望。而且她怀孕了。她高兴自己怀孕了吗?"

"当然,从某个方面来说,她是高兴的,高兴自己竟怀了这样一个神奇的孩子。当然,从另一个方面来说,她也害怕极了:她说她也许该许愿要一个魔法宫殿,她好在那里安安全全地将孩子带大——但这亦非她所愿——她也说过她甚至不确定自己是否真想要孩子,几乎许愿要孩子消失——"

"但你救了他。"

"我爱她。那是我的孩子。他还是颗小小的种子,像个微微弯曲的逗号或是瓶中的一缕轻烟;他在我眼前日益茁壮。我想她是爱我的,她不会想要他就这样消失的。"

"或她。还是你当时已经看出孩子的性别了?"

"不。我没看出来。我猜的,一个儿子。"

"但你没看到他出生。"

"我们吵架。常常吵。我告诉过你,她满心愤怒。天性使然。她像阵突如其来的暴雨,雷电交加的暴雨。她痛斥我,说我毁了她的生活。常常的事。然后我们就又玩在一起了。我会故意缩小躲起来。一天,为了取悦她,我躲到了一只她丈夫新近买给她的夜莺之眼瓶中:我优优雅雅地飞进去,蜷缩在里头;突然间,风来雨来——她悲号,咒骂,她说:'我希望我可以忘了自己曾经遇到你。'就这样。她当下就忘了我。"

"但是——"培侯博士说道。

"但是怎样?"精灵说道。

"但是你为什么不飞出来就好了呢?那只瓶子上并没有所罗门王的封印啊——"

"我曾教了她几个封印咒语。为了我自己的欢愉,受制于她的欢愉;也为了她的欢愉,掌权的欢愉。人类也玩类似的游戏,不过道具换成了手铐与绳索而已。受困瓶中有一些——特定的一些——类似身陷女体之中——一种与无上欢愉难舍难分的苦痛。我辈不死,但在化成微粒,身陷在一只小瓶，或一只小罐的细颈中时，我们可以尝到那种濒死的震撼，一种直叫人浑身颤抖的狂喜——就好比人类也总爱用'欲仙欲死'来形容交欢的高潮。化为乌有，在一只小瓶中——将我的种子倾注于她——是有那么一点神似。我将如此威力无穷的咒语交给她，当作赌注——是的，是赌，俄罗斯轮盘。"精灵说道，看似从空中抓下了这么一个词句。

"结果就是这样。我在里头，她在外头，彻彻底底地忘了我。"他总结道。

"好了，"精灵说道，"这就是我三度遭到监禁的故事，现在轮到你来说说你的故事了。"

"我教书。在大学里。我乘飞机四处演讲关于故事的故事。"

"告诉我你自己的故事。"

一阵恐慌如排山倒海向着培侯博士席卷而来。面对眼前这个热情热性、正引颈期盼着的人儿，她突然感觉自己是个没有故事的人；没有任何过去值得说出来，说给这个绝顶聪明的热血男儿听。

她不能跟他说西方世界的种种；赛斐儿误将他遗忘在一只夜莺之眼瓶中，中断了这百多年，他怎么可能懂她？

他的一只大手搭上了她的肩。即使隔了一层毛巾布料，她依然感觉得到那只温热干燥的大手。

"任何事都可以。告诉我任何事。"精灵说道。

她开始娓娓诉说一些关于她在坎伯兰郡一所女子寄宿学校的往事。那些咯咯傻笑，那些小圈圈小秘密，无所不在，无所遁逃。也许是赛斐儿的影像触发了她吧，跟他提起了这些往事——她想象中的赛斐儿，深闺中的赛斐儿，一八五〇年的士麦那。她告诉他，偌大的宿舍是何等骇人，在夜里，空气中满是他人的气息，他人的味道。我是个天生的**独行客**，她告诉他。她偷偷写了一本书，她的第一本书，在那段监禁的岁月里；故事的主角是一个叫作朱利安的年轻人，为逃避刺客追杀或恶徒绑架——事隔多年，她早记不清了——因而易容化名为茱莉安娜，藏匿在一所女校中。她的声音渐微渐弱。精灵心急了起来。她当时爱慕的是女人吗？不不，培侯博士说道。她相信她当时写下这段故事只是为了排遣无聊，只是出于一种需要，去想象一个男孩、一个男人，去想象一个他人、一个异性的需要。故事接下来呢？精灵催促道。还有，你那时身旁根本没有任何真正的男孩或男人可提供描写的灵感，这问题你又是如何解决的呢？没有解决；我解决不了，培侯博士说道。傻气极了，写下那些东西，我知道这一切都傻气极了。我只能拼命填写细节，写实的细节，他的内衣，他上体育课时遇到的麻烦，种种，种种。我愈是拼命要在这一部一无是处的作品中——什么也不是，不过是一股无处倾泻、无处寄托的渴望罢了——我愈是拼命要在其中灌注写实情节，那故事看来就愈发傻气，愈发可笑。该把它写成一出闹剧或一则寓言的，我现在终于看清了，但我当时却一心想写大情大爱、大悲大喜，还在其中添加了一些自以为逼真的旁枝末节。我后来把它拿去学校的锅炉室烧掉了。一败涂地的东西。写来羁羁绊绊，写实、现实、真实，还有我那恨不置身他方的渴望共同织成了一张罗网，而我身陷其中，无法自拔。于是一败涂地。那朱利安/茱莉安娜被我写成了一个荒谬至极的人物——也许就是为了他/她，我今日终究成了一个故事的阐述者，而非创作者。我曾试着捕捉他，召唤他——他留着一头乌黑的长发——在那个英国男人率皆蓄留短发与腮胡的时代里——但他却始终未曾浮出台面，几乎未曾浮出台面。却又不尽然。几次，他的影像呼之欲出，像是某种幽灵幻影。你懂吗？

"不尽然。"精灵说道，"他是某种辐散的微粒，就像那个你不肯接受的贝克尔一样。"

"某种辐散的空无吧。"她迟疑了一下。"早些年，是曾有过这么一个少年，一个真真实实的人物。"

"你的初恋情人。"

"不。不。真实却非血肉之躯。一个与我如影随形的金色少年；用餐时坐在我身边，睡时躺在我身边，一个与我一同歌唱、自由进出我的梦境的金色少年。我头痛或是生病的时候，他总会失踪上一阵子；但在我因气喘而卧病在床的那段日子里，他却始终陪在我身边。他的名字叫作塔齐欧,我不知道这名字是打哪儿来的,就那么一天,我抬眼望去,他就站在那里,一个名唤塔齐欧的金色少年。他跟我说了好多故事,用的是只有我俩能懂的语言。稍后,我偶然读到一首小诗,说的就是这个,有他为伴的日子。我还以为只有我知道哪,直到我读了那首诗。"

"我知道那些,嗯,人——"精灵说道,"赛斐儿也知道一个。她说他总是有些透明,却总是来去自如,不依随她的意愿。念那首诗给我听听吧!"

> 十三郎当岁那年
> 我曾远走金色国度,
> 钦博拉索,科托帕希
> 携我手远走。
>
> 父兄相偕辞世,
> 匆匆如梦境飞驰,
> 我高居波波卡特佩特
> 万丈阳光耀眼处。

老师讲道声隐约入耳
远方似有男孩嬉戏,
钦博拉索,科托帕希
早已带走我。

金色梦境笼罩我
伴我上学,伴我放学——
金光粼粼的波波卡特佩特
哪怕脚下街道烟尘漫天。

金色黑肤少年一路伴我
我却只字不提
钦博拉索,科托帕希
窃走我所有话语。

我出神凝望他的面容
俊美犹胜繁花——
金光粼粼的波波卡特佩特哪
汝之神妙时刻:

那街景，那人车
日渐稀薄如褪色梦境，
钦博拉索，科托帕希
早已盗走我的心。

"我心爱的小诗。"培侯博士说道，"它里头有两样东西：名字与金色少年。那些名字并非少年的名字，它们是语言的浪漫寄托，他是语言的浪漫寄托——他比——比现实还要真实——一如以弗所的女神比我还要真实——"

"而我就在这里。"精灵说道。

"确实。"培侯博士说道，"再清楚也不过了。"

接着便是一段沉默。精灵问起了培侯博士的丈夫、孩子、房子与父母；这些如今看来早已无关紧要的人们哪，她漫不经心地答了，却不曾费事为他们灌注任何生命与色彩。我先生同爱茉琳·波特去了马约卡岛，她这么告诉精灵，然后就决定不回来了，而我很欢迎这个决定。精灵追问培侯先生的模样以及爱茉琳·波特的美貌等等细节，却只得到空泛无味的答复。他们全都是蜡像，你身旁的这些人们，精灵愤愤不平地说道。

"我根本无意再想起他们。"

"显然如此。说说你自己吧，告诉我你的事，一些你未曾告诉过任何人的事——即使夜再深，再浓，再暖，你也未曾对耳鬓厮磨的爱人或促膝长谈的密友倾诉过的事。一些你专为我保留至今的事。"

一幅影像跃然浮现她的脑海，她却斥之为无谓，因而驱之赶之。

"告诉我。"精灵说道。

"不过是无谓的琐事罢了。"

"告诉我。"

"一次，我去当了朋友的伴娘。那是我大学时代的好友。她一心想要一个白色婚礼——白纱、鲜花、管风琴演奏的婚礼音乐等等——虽然她那时已和男友快快乐乐地同居了好一段时日。她说她快乐极了，而我也相信她确是如此。大学时代的她是众人瞩目景仰的焦点，如此的自信沉着，如此的胸有成竹；一个大权在握的女人，一个有性经验的女人——在那个时代，这可是件了不起的大事——"

"女人总是有方法——"

"别提《一千零一夜》那套。听我好好说。她气定神闲，她雍容自信，她拥有快乐过活的潜力。这可是件稀奇的事哪；在那个时代，像我们那样的年轻女人——也许年轻男人也是吧——总该满腹苦涩，总该愤世嫉俗；这是那个时代的风潮。要知道，在那个时代里，女性终生未婚可不是什么光彩的事，是要被讥为老处女来嘲讽一番的——不管我们是如何地聪慧过人，一如赛斐儿，我和我的朋友们，我们爱智，我们求知若渴——我们满腹经纶——"

"赛斐儿会是个称职快活的哲学教授，这倒是真的。"精灵说道，"我和她当时都想不透她究竟能做些什么，在那个时代里——"

"而我的朋友——我在此姑且以苏珊娜一名称之吧，这不是她的真名，只是给她安个名字好方便我说故事——打相识以来，我一直想象苏珊娜是来自一个了不起的地方,一幢万般皆美、万般皆体面的房子等等。婚礼前夕,我终于有机会一访她家——那不过是一幢普通的小房子,与我家所差无几,方形的小盒子,坐落在一排模样类似的小盒子之间;而屋里,屋里竟放着一组沙发,一组三件式的天鹅绒沙发——"

"三件式的天鹅绒沙发?"精灵问道,"这又是什么可鄙的怪物,惹得你不满至此?"

"我早知道跟你说这些来自我的世界的事情没啥用处。总之,那沙发太大了,小屋根本承受不起,搁在米色碎花地毯上的庞然大物,两张扶手椅与一张长沙发,搞得屋里非但沉重,而且局促——"

"一组沙发——"精灵低吟道,认出了一个字,"一张地毯。"

"你不懂的。我根本不该跟你提起这些。所有的英国故事最后总会陷入这样的泥沼里,屋里的摆设是否合乎主人社会地位与一般美学标准种种云云,长篇大论搅得故事几乎无以为继。但这无关乎此;我是说,我当时是这么以为的。现在我倒觉得万事无不趣味盎然，因为我有了自己的生活。"

"无须激动。所以说，你不喜欢那幢房子。屋子小，而那套三件式的天鹅绒沙发太大，这我懂了。说说那婚礼吧。你朋友的婚礼才是这故事的主题吧，沙发与椅子不过是旁枝末节罢了。"

"也不尽然。婚礼风风光光地进行了。她穿了一件美丽的礼服，活脱脱像是童话故事里的公主——那时代流行的就是这种腰束裙蓬的公主式礼服——我自己就有一件，缎面府绸衣料，泛着银光的青绿色，心形剪裁的衣领。苏珊娜在丝质礼服底下穿了数层蓬松的纱裙，丝裙的外头则又罩上了一层纯白的蕾丝；盛大的头纱上头是一顶鲜花编成的头冠——小小的玫瑰花苞穿插在发间——她那狭小的卧房几乎容不下这么多美好澎湃的东西。她的床头柜上放着一盏夜灯，彼得兔啃着一根胡萝卜。她看来美极了，如梦似幻。我则戴着一顶宽边帽，挺适合我的。你应该想象得出那件礼服的模样吧，我想；但那房子，那地方，你可能就无法想象了。"

"如果你这么说的话。"精灵顺着她的语气答了话,"不过,你为什么单单挑了这件事来说呢?我不敢相信这就是你从不曾跟人提起的故事。"

"婚礼前一夜,"姬莉安·培侯继续说道,"我们一起入浴,在她父母家的那间小浴室里。那浴室里铺着图绘瓷砖,活跳跳的小鱼儿,睁着一双双卡通式的款款大眼——"

"卡通?"

"迪士尼。算了。**漫画式**的大眼。"

"漫画瓷砖?"

"算了。我们没有一起泡澡,只是一起洗了澡。"

"然后——"精灵说道,"她跟你做了爱。"

"不。"培侯博士说道,"她没有。我看到我自己的身体。起初是从镜子里,后来我索性低头端详。我接着又转头看看她——她一身雪白,而我的肤色则深了些,像似泛着金光。她的身子柔软而甜美——"

"而你则否?"

"我的身躯完美无瑕。就在那个当儿,几乎已经褪去少女的青涩,却又还称不上是女人的当儿,真的,完美无瑕的一副身躯。"

她还记得自己曾端详着自己胸前那对恰恰盈握、形状美好的乳房,那平坦紧实的腹部,那纤细的长腿与脚踝,还有那腰——她的腰——

"她说:'迟早,总会有男人叫你给逼疯了。'"姬莉安·培侯说道。"我骄傲极了,空前而绝后的骄傲。一身古铜金光。"她想。"两个女孩,挤在一间郊区房舍的小浴室里。"她说道,典型英国式的非难口气。

精灵说道:"但当我为你实现第一个愿望时,这可不是你心里想要的模样。你现在还是美,叫人渴望的美,但并非无瑕完美。"

"多么吓人。我吓坏了。那就像是——"她从天外冒出了一句——"就像是手握武器,一把锐剑,而我却浑然不知该如何操纵它。"

"啊,是的。"精灵说道,"骇人如展开旌旗的大军。"

"但那副身躯并不属于我。我几乎想要去爱上它——爱上那副身躯。何等诱人的美丽。美丽而不真实。我的意思是，它确实就在**那里**，真真实实地在那里，但我心里明白，它不会永远在那里——它终究会变。我亏欠于它——"她继续说道，试着从心底挖出这一些未曾被审视过的感觉——"我亏欠于它——我欠它某种恰当的处置，恰当的利用。我知道自己怎么也活不出它的潜力与期望。"她停下来，深深地叹了口气。"我善用的是心，是脑，不是身，精灵。我细细关照我的心智。无论如何，我始终细细地关注着它，照料着它。"

"这就是故事的结局了吗？"一段长长的沉默之后，精灵不住开口问道，"你们的故事真是怪，片片段段，丝丝缕缕的。它们无色无形，只是逐渐淡出。"

"我们的文化确实偏好此道，或是曾经偏好此道。但不，这还不是结局。故事还有一小段才结束。婚礼当天一早，我还未起身呢，苏珊娜的父亲便为我端来了早餐。一颗裹在保温布垫里的水煮蛋，一只装满热茶的镀银茶壶，外头的保温垫则织成了森林小屋的模样，还有几片放在吐司架上的吐司，以及一块盛在奶油碟上的奶油；这一切全放在一个附有折叠桌脚的托盘上,就像是养老院里的老太太们爱用的那种托盘。"

"结果你不喜欢那个——那个什么来着的茶壶是吧?你的审美观,你那爱憎分明的美学品味,又受到冒犯了是罢?"

"他突然欺身向前,一把将我的睡衣推落肩头。他一双手袭上了我那对无瑕的乳房,"五十五岁却拥有三十二岁外表的培侯博士说道,"然后他便将他那张哀伤的脸凑到我胸前,深埋在我双乳之间——他原本戴着眼镜,这会儿却沾满了雾气,歪歪斜斜地挂在那里;他唇上的胡髭有如千足蜈蚣,**蹂躏**着我胸前的肌肤,他大口大口地喘着气,一径喃喃说道:'我受不了了。'他的身子在床罩上死命地磨蹭——我依稀记得,那床罩是人造丝的质料,朦朦胧胧的浅青浅绿——他喘息,蠕动,用手挤捏我的乳房——然后他倏地起身,将托盘的折叠桌脚拉下,妥妥帖帖地在我脚边放稳,转身离开了房间。稍后,他一派庄严温文地将女儿交到新郎的手中,优雅地完成了他的任务。而我,我反胃,我头晕,我觉得一切都是我的身体引起的。仿佛都是因为**它**，所以有了那些喘息、那些汗水、那三件式沙发、那人造丝，还有那保温茶垫——"

"这就是故事的结局了吗？"精灵问道。

"一个来自我的国家的说书人确实会在这里将故事打住。"

"怪。然后你遇到**我**，跟我要了一副三十二岁女人的身躯。"

"我不是这么说的。我要你将它变回我上一次还能真正**喜欢**它时的模样。我并不喜欢我当时的身体。我敬畏它，但畏远多于敬——这才是**我的**身体，我觉得它好看，也喜欢看它——"

"就像是那个故意在一只完美无缺的陶壶上添了一笔瑕疵的艺匠。"

"也许吧。如果多活了几年算是一种瑕疵的话。也是。当年那个女孩的无知真真是一种沉重的负担。"

"你现在想清楚自己还想要些什么了吗？"

"啊，你急着想走了。"

"恰恰相反。我自在得很，也好奇得很，我有得是时间。"

"而我已经拥有了我想要的一切，就目前来说。倒是示巴女王的故事还一直在我心头打转，我还在思索着那个问题的答案，所有女人最想望的东西究竟会是什么。我想跟你说说我从电视上看来的、一个埃塞俄比亚女人的故事。"

"我当洗耳恭听。"精灵说道，一边挪了挪摊开在床单上的身子，又缩小了一点儿，好舒舒服服地尽情伸展四肢，"告诉我，你们是不是可以随时打开那个叫作电视的小方盒，随时可以随心所欲地监看世界各地，随时可以看到玛瑙斯或是喀土穆正在发生的事情？"

"也不尽然啦。比如说，刚刚那场网球赛确实就是现场实况——我们称之为'实况转播'——蒙特卡洛的现场实况。但我们也会录下一些影像，一些故事，以待稍后重播。那个埃塞俄比亚女人的故事就是一部影片的一部分，一部为拯救儿童基金会——一个慈善团体——而拍摄的影片。他们在埃塞俄比亚一些遭连年干旱与饥荒蹂躏的村子里发放粮食，以帮助他们——尤其是儿童——度过严冬。他们用影片将一切过程记录了下来：半年前,他们将粮食补给送抵村庄,影片里出现了部落头目与长老,以及一些在一旁玩耍的孩童;半年后,研究人员重返该地,探视部落里的孩童,为他们量量体重,算是验收成果。"

"埃塞俄比亚是块狂暴的土地,一群狂暴的人民世居于此。"精灵说道,"美丽而凶残。你从你的小方盒里看到了些什么?"

"那些基金会派来的人员震怒不已——伤心而愤怒。头目半年前曾慨然允诺,一切按照基金会这个计划的主旨行事,只将粮食发给那些有幼童的家庭——嗯,'计划'就是——"

"我懂。"

"但头目后来却食言了。他以为食物不该只发给部分家庭,而不发给其他家庭;村民们则以为食物不该只发给幼童,而不发给成年男子——毕竟他们才是从事农耕劳作的人,如果田里还种得出任何东西的话。于是,食物被瓜分给了村民;想当然尔,每人分得的分量少得可怜——结果,所有人都比半年前更瘦了,一些——该说是很多吧,我想——幼童则被活活饿死了,还有一些妇孺甚至根本没有分得食物，早已奄奄一息，命在旦夕。

"那些工作人员——基金会的工作人员——那些来自欧洲与美国的救援人员——全都悲愤交加——他们与摄影师（就是拍摄影片的人）跟着一些曾分得食物的男人去到了田里——他们曾怀抱希望地播下了种子，老天甚至也赏脸下过几场小雨——村民从田里拔出了几株秧苗，让摄影师与工作人员看个究竟：秧苗的根部早让叶蜂虫害给啃噬得体无完肤，收成已是无望。那几个男人，手里拎着垂死的秧苗，兀自站立田中，满心满脸的绝望。他们走投无路了。我们曾在电视上看到成群的饥荒难民，这你得了解——我们知道那里发生了什么事，我们深受震撼，于是送去了大批的粮食。

"接下来，镜头转向一幢茅屋，室内的一片昏暗中静坐着四代女性：祖母、母亲、少女以及她怀中的婴儿。那个母亲手里拿着一根木棒，正缓缓搅动着火堆上的一锅食物——一锅稀淡如水的清汤——而祖母则坐在靠墙的床上——那里正是圆锥形的茅草屋顶与墙壁交接之处，因而特别低矮——她们显然尚未断念，尚未放弃，她们的眼中尚有一丝希望。她们依然美丽，纤长的脸庞与高耸的颧骨，举手投足间依然散发着与生俱来的高贵与尊严——或是某种会被如我这般的西方人解读为尊严的东西——她们挺身耸立，她们下巴高高扬起——

"他们访问了那个老女人。我之所以记得这些，一方面是因为她的美丽，一方面则是因为摄影师的运镜技术——她一身瘦骨嶙峋，却丝毫不显突兀；她一只手臂举放在头顶，双腿则盘踞于长凳之上——摄影师运用取镜角度，让她整个身子看似一个方形，仿佛让她自己的四肢给框在其中——她就从这个小框框里朝外头说话，眼睛黝黑深邃，一张脸无比纤长。她用自己的身子撑出了方盒子的四角。荧幕上出现了一排英文字幕，翻译着她所说的话。她说，没有食物，完全没有食物，少女饿着了，奶没了，食物全没了。然后她说了：'就因为我是个女人，我不能外出，只能坐在这里，坐以待毙。我若不是女人就好了，我可以到外头，想办法做些事情——'她声调不曾抑扬地说完了这段话。而那些男人，站在外头的田埂间，重重地来回踱步，踢翻了那些干涸龟裂的泥土与奄奄一息的秧苗，满心只有绝望。

"我不知道我怎么会跟你说起这些。来说些别的吧。在索菲亚大教堂里，有人要我对着一根柱子许愿——在我能够阻止自己之前——那不是根好柱子哪——我许下了一个我小时候曾再三许过的愿望。"

"你许愿希望自己不是女人。"

"那儿有三个蒙着面纱的女人，嬉嬉笑笑地，拉着我的手放进了那个洞里。

"我想，也许吧，那就是示巴女王告诉所罗门王的答案，那就是所有女人一心想望的事情。"

精灵泛开一脸微笑。

"不是这样的。她不是这么告诉他的。不尽然如此。"

"告诉我她是怎么说的。"

"如果你真这么希望的话。"

"我希望——哦，不。不，这不是我的愿望。"

姬莉安·培侯望了望斜倚在她床上的精灵。就在他俩端坐室内、交换着故事的期间，夜幕已悄然低垂。此刻，他那金绿色的皮肤上正上演着某种奇幻的光影秀，一闪一烁，一明一灭，就像是那些拜占庭拼贴壁画，不论光线如何移动，这儿或那儿总会有一小方石子，巧妙地抓住了光线，再熠熠地反射回去。他背后的羽毛一径起起落落，仿佛也会呼吸似的，绯红里泛着银光，菊花花瓣般的黄铜色里藏着柠檬般的鲜黄青绿，那里一点儿宝石蓝，这里再一点儿翡翠绿。他的体味里扬着一丝呛鼻的硫黄味，又像掺了檀香，她想，还有一股苦涩的气味——没药吧，她暗自揣测着，这没药又是什么味道呢，她从没闻过，只是想起了那首圣诞颂歌，《三王来朝》——

> 奉献没药，痛心香料
> 在世生命，充满辛劳，
> 忧愁悲痛，倾流命终
> 尸身墓中裹包。

他大腿外侧肤色偏绿，内侧则柔软偏金黄。他曾整过衣衫，但那罗马衫显然还是短了些：她依然看得到他巨大的男根，像条蟒蛇般蜷曲在他胯间，蠢蠢欲动。

"我希望，"培侯博士对着精灵说道，"我希望你爱我。"

"在下受宠若惊，"精灵说道，"但你这恐怕是无端浪费了一个愿望——我与你独处一室，互诉往事，一如热恋中的爱侣，爱苗滋长实属自然。"

"爱情，"姬莉安·培侯说道，"要的是慷慨宽容。我发现自己竟对赛斐儿产生了忌妒之心，而我此生未曾忌妒过任何人。我想要——事实是，我想要给*你*些什么——给你我的愿望——"她说道，肺腑之言却是支离破碎。那双大眼，泛着万般绿光的宝石，细细地端详着她，线条优美的嘴角渐渐泛开一抹微笑。

"你付出，你产生牵绊，"精灵说道，"一如天下有情人。你付出你自己，何等勇敢——我想这也是你前所未有的创举吧。我怎能不为你倾倒。来。"

蓦地，培侯博士已让精灵拥入怀中，也让他不费吹灰之力地褪去了她身上所有衣物。

她将这番云雨过程巨细靡遗地纳入了记忆之中，每一个细节，神经纤维的每一丝颤动；巨细靡遗，却是无以言喻。她又何尝想要将这记忆化成语言文字，诉诸凡人之耳！所有的性爱都是一次幻化的历程——男性鼓胀如树，如柱，而女性体内那狭小的空间倏然又恍如延伸至无限。但精灵延长了一切历程，时间空间皆然：她像只海豚，悠游于他那恰如无边大海的金绿色身躯之上；她化成层峦底下的幽深隧道，任他穿刺推进，又似山间洞穴，任他蜷曲小歇如倦勤巨龙。他是她紧绷拱起的身躯上所有欢愉集中点的圆心；他亦化身斑斓彩蝶，时而紧挨飞行，时而轻捻慢啄，以一记记干燥灼热的亲吻遍刷她的身躯，再又化为一方起伏地景，任她匍匐其上喘息歇息，直至不知身在何方——他执起她的手，领她寻回归乡路——他轻吼一声，揽她入怀：胸贴着胸，腹贴着腹，男根贴着女器。他的汗水如烟雾拢聚笼罩，他的喃喃低语如蜂群来袭，一种语言换过另一种语言——她感觉自己的肌肤宛如着了火，火势熊熊却不噬人；她一度试着想告诉他，诗人马维尔的恋人们是如何地没有"阔绰的时光",最后却只能在他耳畔吟出了两行诗句:"我的爱如植物生长不息/其大犹胜帝业却滋长尤慢"——精灵微笑着,反复低吟,然后配合着诗句的韵律,恣意地抽动身躯。

云雨过后,她匆匆坠入梦乡。醒来只发现自己置身重重软垫之中,身上已换过了一件美丽的夜衣。她怅然起身,踱进浴室,那夜莺之眼依然矗立于原地:她轻轻抚过瓶身,哀伤的手指划过了上头的白色螺旋云纹——我做了一个梦,她想——就在此时,精灵突然现身,屈着身子站在浴室里,一如电视里的那个埃塞俄比亚女人。他挣扎着调整过身型大小。

"我以为——"

"我知道。但你瞧,我就在这儿呀。"

"你愿意和我一起回去英国吗?"

"我别无选择,如果你这么要求我的话。虽说如此,我倒也想走上这一遭,去瞧瞧世界变成什么样子了;我也想去看看你过活的地方,虽然那地方听来颇为索然无趣。"

"只要有你在，无趣也会变有趣。"

但她心中还是不无恐惧。

就这样，他们回到了英国：那叙事学者、那夜莺之眼、那精灵；他们搭乘的是英航班机，玻璃瓶用气泡塑胶套密密裹上一圈后，就给放入了搁在姬莉安·培侯脚边的一个旅行袋里。

回到家之后，培侯博士发现她在阿尔忒弥斯女神面前，在两个蕾拉之间许下的愿望也成真了：一封来自多伦多的邀请函翩然送抵，她应邀在今秋即将举行的叙事学研讨会上发表主题演讲，大会并提供她一张商务舱来回机票，以及世外桃源饭店的食宿招待——世外桃源饭店确实备有泳池，一个位于大型玻璃圆顶罩幕之下的蓝色水池，从六十四层楼的高度俯瞰安大略湖。斯时的多伦多晴朗而寒冷，培侯博士拎着行李，在饭店房间里暂时安顿了下来——那是个美丽的房间，房内的装潢因应湖畔寒冬而采用了暖色调的设计，栗色、棕色与琥珀色，其间并缀有点点火红。旅馆房间往往具有魔术师的舞台装置式的幻觉特质：它们不过是一个个光秃秃的水泥盒子，涂上了一层像蛋糕上的糖霜似的白色灰泥后，接着便换各式装饰品上场——锦缎与薄纱，镀金框的镜子与分枝烛台——该挂的挂好，该放的放好，一下子营造出富丽堂皇的错觉假象。但这一切可以在弹指之间被搬空，重新换上其他色彩与其他质感——以镀铬取代黄铜，以鲜紫代替琥珀，以白色棉纱代替金黄锦缎，而这种毫不拖泥带水的简洁明快倒也堪称某种自成一格的魅力。培侯博士从行李袋中取出夜莺之眼，开了瓶塞，精灵倏地蹿出，直接就是常人大小，只是忙着抖开被压皱了的羽衣。一待羽衣整理妥当，他即刻朝窗外飞驰而去，在湖面与城市上空逛了一遭，归来后又嚷嚷着要她跟着同去，他说那湖面广阔而冷冽，而天空与大气中则挤满了疾驰的面孔与身形，搞得他非得蛇行穿梭而过——政客与偶像明星，电视布道家与吸尘器，移动的森林与沙漠，色情片里偌大的臀部、嘴巴与肚脐，毛茸茸的紫色恐龙与蠢兮兮的白色布偶——精灵被这些充斥在大气中的东西搅得心烦意乱，几乎要陷入不可自拔的抑郁里头。他像是个自由来去惯了的骑士，要不骑着骆驼恣意横越大漠，要不就驾驭阿拉伯骏马飞奔过萨凡纳城，如今却被困在永无止尽的交通噩梦之中，非但有一堆电影明星、网球选手与喜剧演员来挡路，就连那些在空中盘桓、伺机降落的波音客机也成了这场噩梦的一部分。《古兰经》与《旧约全书》，他告诉培侯博士，全都禁止人崇拜偶像；没错，它们不是雕刻出来的偶像，但怎么说也还是偶像，简直是泛滥成灾哪，他说道。大气中，他告诉培侯博士，向来是一些隐形——人类眼中的隐形——生物蓬勃活动的处所，从前是，现在也还是。但现在已经不比从前了，处处得闪，得退，得让。真是糟透了，精灵说道，在空中跟在瓶中一样糟。连让我好好舒展翅膀的空间都没有。

"这么说来，等你完全自由了，"培侯博士说道，"你又打算上哪儿去？"

"有个火之乡——我辈火之子在烈焰中嬉笑玩耍的地方——"

四目倏然交接。

"但我不想走啊。"精灵柔声说道，"我爱你，而我有得是时间。再说,这些吵吵闹闹、飞来飞去的面孔其实也挺有趣的。我学会了很多种语言。我还学会了一些新把戏呢。你听。"

他惟妙惟肖地模仿了唐老鸭干瘪的嗓音,接着是德国总理科尔那口抑扬顿挫得厉害的德文,接着是芝麻街里那堆布偶的聒聒絮絮,最后他还来上了一段卡娜娃的花腔女高音——这天外飞来的一段甚至惹来邻房房客在隔墙上的一顿猛敲抗议。

研讨会举行的地点位于多伦多大学的校园里,爬满常春藤的维多利亚风格校园。这是个在学界享有声望的会议——"享有声望"(prestigious)这个形容词的字义与时更迭,从魔术,从幻术戏法,到"声名远播""素有威望"以及"声誉卓著"。几位法国叙事学者都到场了,托铎洛夫与吉尼特;在场还有几位来自各方的东方学专家,眼观四方耳听八方地提防着来自西方的过度诠释与扭曲。姬莉安·培侯的讲题为"愿望实现与叙事中的命运:愿望实现作为一种叙事装置之初探"。她在发表的前晚方才熬夜拟妥了讲稿。她始终学不会早早拟妥讲稿，非得等到最后一刻才在燃眉之急的压力下一气呵成。当然，讲题大纲多已在她脑中构思了好一段时日。确实如此。针对此次演讲邀约，她早已构思多时；她坐在桌前，案头放着那只宛如圣像的夜莺之眼，蓝色与白色的线条层层叠叠，相互追赶，盘着旋着渐渐消失在瓶口。她曾眼看着自己那新生的、矫健有力的手指翻过了一本又一本的参考书籍，同样矫健的腹肌则自自在在地紧绷着。她曾试着写下定稿。然而，她一在讲台上站定了，手中的讲题却猛地挣脱了她的掌握，仿佛一条急欲回到大海的神奇鲽鱼，又如一根兀自点地的占卜棒，或是随电流在空中狂舞的指挥棒。

一如往常，她试着以一段故事作为论文的引子，但，也就是这段故事，领着整篇讲稿挣脱了她的掌握，远离了原定的主题。在此且暂不详述演讲全文，说了未免显得拉杂零碎。从以下的开场演说与充作引子的故事里，约莫就足以一窥全文要旨。

"神仙故事里的人物,"姬莉安·培侯说道,"无一不受制于命运,一举一动无一不早已写在命运的剧本里。素来,他们会试着以魔法来扭转,来改变命运;素来,这些魔法介入也只是徒然强化突显了命运对一切的控制——所谓命运,所谓下场,指的约莫就是人类的易朽,从尘土来,必将再化为尘土。将这个观点描写得最露骨,刻画得再清楚也不过了的,应属奥哈拉的《相约萨马拉》——男人巧遇死神,死神告知以今晚即将前来取他性命,男人于是仓皇出逃萨马拉。另一方面,死神同一友人偶然提及,自己与男人的初次会面实在没道理:'因为,我反正今晚就要和他在萨马拉会面了啊。'

"近代小说多半事关选择与动机。但萨马拉故事中的某些'该来之事无可免'的阴影依然笼罩着拉斯柯尔尼科夫所谓的'正当性'的谋杀罪行;最终,那还是罪,最终,它还是召来了罚:毫无例外也无可避免。至于乔治·艾略特笔下的李盖特,我们倒认为他天性中的所谓'人性共通点'并不是引导他走向无可避免的命运的关键之一:

他依然有所选择，他大可以选择不娶萝莎梦，选择保有他的理想与抱负。我们同时认为，普鲁斯特之所以安排他笔下的人物——性别倒错，乃是出于小说家欲以一己的欲望取代真实世界里的命运的意图；但终究，斯万还是浪费了数年岁月在一名甚至不是他喜欢的类型的女子身上，他后来及时作出了选择，显示一切并非无可避免，选择依然可能。

"当我们读到神仙故事中的人物愿望成真时，心中难不五味杂陈。我们感觉到自由反扑的可能性——我可以随心所欲——但另一方面，我们却也从不曾忘怀，愿望一时成真并无法改变命运早早铺妥的路径。"

"在此，且让我说个故事，一个我在土耳其遇到的友人告诉我的故事。在土耳其，故事总以一句 *bir var mis, bir yok mis* 作为开场——或许发生了，或许没有——好个开宗明义！"

她往台下望去：就在那里，坐在相貌堂堂的托铎洛夫身边，一个突兀的身影，羊皮夹克与满头白发。那人刚刚还不在那里,而那头夸张的白发眼望即知是顶假发,再加上底下一副蓝色镜片的墨镜,真个是欲盖弥彰。姬莉安以为自己认出了他上唇的线条,但就在这念头一浮上脑海的当儿,那嘴唇即刻在她的注视下改变了形状:紧紧缩拢,噘成挑衅意味十足的薄薄两片。她看不清那双藏在镜片后方的眼睛:她愈是试图看清,那镜片的蓝色就愈显深沉,变成了蓝宝石似的两团刺眼亮光。

"在那个骆驼飞檐走壁,鱼儿栖息樱桃树上,而孔雀体型大如干草堆的时代里,曾有这么一个一贫如洗的渔夫;非但一贫如洗,并且连交厄运,任凭他在一个渔藏丰富的大湖中再三撒网,网中却始终空无一物。终于,他说了,就再撒这最后一次网吧,倘若依然一无所获,他就将高挂渔网,上街乞讨维生。于是他撒了网,网子沉重不已,他奋力拉上了一团湿淋淋圆滚滚、恶臭扑鼻的东西,他定睛一瞧,原来是一只死去的人猿。他自言自语道,这也不算是一无所获嘛;他在岸边沙地上挖了洞,埋了死猿,接着便再度撒网下水。这一次，渔网依然沉重不已，水底甚至传来一阵挣扎骚动——渔夫满怀希望地收网，结果却拉上了第二只人猿，一只牙齿全掉光了的垂死人猿，身上还布满了坑坑疤疤的旧痕新伤，恶臭扑鼻不遑多让。好吧，渔夫说道，这禽兽整理一下模样，大约也还可以从街头艺人那里卖来几分钱。他依然心有未甘。这时，人猿突然开口了——它说道，如果你放我走，并再次撒网，你将会抓到我另一个兄弟。而如果你不听它的讲情求饶，并就此收网，它就会留在你身边，为你实现所有的愿望。当然，这其中还是会有一个麻烦阻碍，这是免不了的，但我并不打算告诉你到底是什么样的麻烦。

"这番欲言又止倒是引起了渔夫的兴趣。他两三下解开了缠在第二只人猿身上的绳网，接着便三度撒网，这次，水底下挣扎得更厉害了，他费了好一番工夫才将它拖上岸来。网内果然是一只人猿，一只体型硕壮、毛皮光滑**晶亮**的人猿，它的臀部——告诉我这个故事的朋友特别强调——尤其美丽非凡，鲜艳的蔷薇色中夹杂了一抹含蓄却抢眼的淡蓝，其间还缀着怒放的罂粟花般的*丝丝*

橘红。"

她望向那副深蓝色墨镜,为自己方才的叙述寻求认可,墨镜的主人简练地点了点头。

"这新捞上来的人猿也说话了;它告诉渔夫,如果他放了它,然后再度撒网,他将会在网中发现一堆金银珠宝、一幢华厦,以及一整队的奴隶,这辈子将再也不虞匮乏。但渔夫遵从瘦弱人猿的指导,对这番求情置若罔闻,说道:'我要一幢位于这湖畔的新屋、一匹骆驼,以及一顿丰盛的餐点——分量刚好即可——我要它们都料理妥当,出现在新屋的桌上。'

"话声甫落,这些东西便如数出现了;渔夫于是邀请两只人猿一同享用大餐,而它们也欣然接受了。

"他是个见多识广的渔夫,故事听多了,心中自然也有底;他以为自己明白得很,愿望之所以会出错,多半就是错在贪心与轻率之上。他可一点也不想发现自己处在一个全由纯金打造出来的世界里,无端把自己饿个半死;他并且也有此先见之明,以为日日酒池肉林也不是办法,终究还是会叫人生厌。于是,他只是不动声色地要求一些这个,要求一些那个:一片贴满各式瓷砖的小店,一个精明可靠的伙计,一座满园松柏香杉与喷泉水池的花园,一幢小屋,一个小女佣好照顾他的高龄老母,最后,他还要了一个小妻子——一个他母亲也会中意的小妻子,不必貌美如星月,只求她心地善良而温柔体贴。就这样,他不疾不徐地为自己创造出一个'从此幸福快乐地生活下去'式的祥和世界,而非格林童话中的那条鲽鱼——甚至是阿拉丁的神灯精灵——应允的那种浮夸世界。正因为他的不招不摇,没有什么人注意到他的好运,也没有人因此对他起了妒心歹念。如果他或他的小妻子身体有了什么不适,他会许愿要病魔远离;如果有人对他说了什么不中听的话,他就许愿要自己忘掉,也果真就忘掉了。

"说到这里,你们可能会想问:那隐藏的阻碍呢?

"且待我说来。这渔夫渐渐注意到,他每许下一个愿,那只闪亮的大猿就会缩小一点;一开始还慢,不过就这里一厘米、那里一厘米罢了,到后来却愈来愈明显，他甚至得在椅子上堆上好几个软垫，大猿才勉强够得到餐桌。最后，它干脆就坐在餐桌上的一只小板凳上头，就着一个小盐罐零碎吃下些奶酪。原先那只瘦猿早走了，只是偶尔回来探视兄弟——它倒好，模样恢复了不少，脱落的毛发长齐了，臀部也恢复青蓝色泽，就普普通通一只大猿的模样。渔夫对瘦猿开口说道：

"'如果我许愿要它变大，变回原来的模样，会发生什么事？'

"'我不能说。'瘦猿说道，'这也就是说，我是不会说的。'

"当天晚上，渔夫听到两只人猿在房间里的对话。瘦猿将兄弟捧在掌心上，伤心不已地说道：

"'这终究是害了你，我可怜的兄弟哪。你恐怕来日无多了，不久就要消失无踪了。看到你这副模样，我心如刀割啊！'

"'这就是我的命运。'缩小的大猿说道，'命运注定我要失去力量，要无止境地缩小。总有一天，我会小得看不见了，那渔夫终于会看不到我，再也不能向我许愿。而我，一只沦为人奴的大猿，

最终还是成了一颗胡椒粒、一颗渺小得不能再渺小的沙粒。'

"'迟早,你我都将再度化为尘土。'瘦猿冒出了这么一句。

"'但,谁又像我消失得这么快呢?'缩小的大猿说道,'我已经尽力了,奈何愿望还是接踵而至。难哪。我真希望自己死了算了,但谁来准我这个愿望呢?难哪,难哪,难哪。'

"'听到这里,好心肠的渔夫终于耐不住了,一转身从床上爬了起来,快步走向大猿的房间,一进房门就开口说道:

"'我听到你们方才的对话了。好难过呀!告诉我,大猿,我该怎么做才能帮助你呢?'

"它们只是闷闷地盯着他瞧,没有开口作答。

"'我希望,'渔夫于是开口说道,'我希望下一个愿就由你来许,如果可行的话,你就随心所欲地许吧!'

"说完,他就愣愣地站在原地,静观其变。

"突然间,两只大猿都消失了,消失得无影无踪。

"但那房子、那小妻子,以及那一爿生意兴隆的小店都还在,都没有消失。就这样,渔夫继续地过他的日子,和乐依旧,幸福依旧——只是再也不能免除偶尔的病痛烦恼——直到他合眼的那天为止。"

"在神仙故事中,"姬莉安·培侯继续说道,"那些不曾遭受恶意阻挠曲解的愿望一旦实现了,似乎总会将一切领到一个漂漂亮亮的停格画面里去,当下成了一件艺术作品,而非一出命运的戏剧。仿佛那受天眷顾的幸运儿就此走下人生的曲折道路,转进一个恒久不变的洞天福地里去;在那里,四季如春,日日皆好。神灯精灵给了阿拉丁一座华丽的宫殿,虽然那宫殿后来也曾遭受命运作弄,让几个魔术师搬来搬去,毁了又建,建了又毁,但最终,它还是进入了停格画面:进入那拟作永恒的'从此幸福快乐'里去了。当我们想象'从此幸福快乐'时,那其实是一件件静态的艺术作品——和乐融融的全家福相片,庚斯博罗的肖像画,优雅的英国仕女与子女围坐在如茵芳草上,玻璃球里的雪花与城堡。王尔德灵光乍现，硬让人类与艺术作品交换了位置。道连·格雷从此不老，永远俊美如斯，而画像则接收了他的命运，一个疾步走向衰败颓坏的命运。道连·格雷的故事与巴尔扎克的《驴皮记》——愿望每实现一次，驴皮就缩小一点，主人的性命也随之缩短一截——与其他处理人类对于长生不老的渴望这个主题的故事有诸多关联。确实，我们现在已经有了一些可以将人推进暂时的停格画面的方法；我们有硅胶与生长激素，我们有整形手术与头发移植术，我们可以将人类变成某种艺术或诡计的作品。琼·柯林斯与芭芭拉·卡特兰那阴郁冷艳的僵硬凝视正是我们对这一种永恒的渴望的具体象征。

"大猿的故事，我想，颇能呼应弗洛伊德对于生命目的的一番观察与结论。弗洛伊德是我们的欲望——我们追求幸福快乐的决心——的一个伟大的学生。他孜孜矻矻地研究我们的愿望以及愿望的实现与达成，而梦的解析则是他研究的手段。他相信，为求圆满结局，我们在梦境里重新安排了我们的故事；至于何谓'圆满结局'，则全然取决于个人的秘密渴望。(他宣称他对女人的所想所望一无所知；这份无知影响并改变了他的看法与说辞。)后来，在一份关于第一次世界大战士兵反复梦见死亡的报告中，他发现了另一个与追求快乐、追求愿望实现的欲望相互矛盾的脉络。他以为，自己发现了所谓追求死亡的欲望。他于是重新审视地球上全体有机生命的发展史，并进而作出结论，主张他所称的'有机生物本能'本质上即倾向**保守**；它们面对刺激的因应之道是调适自身，以求尽可能保存它们最初始的状态。'倘若生命追求的目标真是一种从未达到的状态的话，'弗洛伊德如是宣称，'岂不与生物本能的保守本质相抵触。'不，他因而推翻了自己原先的论点，我们追求的必然是一种**旧有的**状态。有机体迂回以求，但求回到无机状态——沙石与尘土——它们的由来之所。'**生命的目标即死亡。**'这是弗洛伊德的结论；在他的创世故事中，所有生物兢兢业业为的就是要回到诞生前的状态——在此框架下，驴皮与人猿的缩小并非生命力的可鄙附带物，而是它最秘密的渴望。"

这还不是她演讲的全文,但却是她第二度停下来、望向那副深绿墨镜的地方。

会后,台下观众发问踊跃,而姬莉安的这篇报告也被视为成功,虽然其中仍有些模糊暧昧之处。

当晚,回到旅馆房里后,她当面质问精灵。

"是你害得我的报告失去了条理。"她说道,"它原是一篇有关命运与死亡与欲望的报告,而你却跟我说了那个许愿人猿的故事。"

"我并不觉得你的报告有任何失去条理的地方。"精灵说道,"熵定律谁也躲不过。力量渐衰,不管是魔法的杰作还是肌肉与神经的自然消长。"

姬莉安说道:"我准备好要许第三个愿了。"

"我当洗耳恭听。"精灵说道,倏地把耳朵拉得同象耳一般大,"无须悲伤哪,我的仙后,愿望能不能实现还属未知呢。"

"你这话又是打哪儿学来的呢?算了,不管

了。我几乎要相信你这是在阻挠我许愿了。"

"不,不。我怎敢造次哪。"

"我希望,"姬莉安说道,"我希望你得如愿以偿——这最后一个愿望是你的了。"

她等待着雷声大作,或者,更糟的,一片无人的死寂。但传入她耳中的却是一阵玻璃迸裂的声响。她的瓶子,她原本安稳地站在梳妆台的玻璃架上的夜莺之眼,整个地迸裂开来了,没有伤人的碎片,只是一堆钴蓝色的玻璃珠子,每个珠子里头都蜷缩着一条白色的彩带。

"谢谢你。"精灵说道。

"你要走了吗?"姬莉安问道。

"快了。"精灵说道,"但不是现在,没那么快。你许过另一个愿,还记得吗,你许愿要我爱你啊。而我确实爱你。我要送你些东西,好让你记得我——直到我再度归来——我会时时回来看你的——"

"如果你能记得在我这一生中回来的话。"姬莉安·培侯说道。

"如果我记得的话。"精灵说道,他的身子此时仿佛给裹在一层液态的蓝色火焰里了。

那晚,他与她做爱,如此温柔,如此美丽:她不禁怀疑自己如何能放他走——但同时,分毫不差的同时,她又想起自己何其狂妄,何其大胆,竟曾企图将这样一个人儿留在身边,留在伦敦的樱草丘或伊斯坦布尔或多伦多的旅馆房间里。

第二天早上,他穿着一袭牛仔裤与羊皮夹克现身在她面前,说道,今天他们一起上街去,去帮她挑份礼物。这次,他顶着满头雷鬼乐手式的长发绺,突兀依旧,而他的肤色则如埃塞俄比亚人般铜棕黝黑。

在小街上的一家小店里,他领着她欣赏到她毕生仅见最美丽的一批现代造型的镇纸。全都是加拿大当代艺匠的作品;他们有人将一小片或彼此啮合、或彼此缠绕的几何海洋放进了一小方天地里,只有从某个角度才能偶然窥见,窥见那片几何色海,以及它反射出来的一道由金色粉尘聚合而成的透明彩虹。他们之中也有人将一朵红蓝火花永远地框在一团冰冷的玻璃圆球中,或是一个由钴蓝与墨绿交缠而成的圆锥体,蓝与绿彼此追赶，朝无限浪逐而去，却又被自己的反射倒影擒了回来。玻璃的原料是沙土，是硅石，是来自大漠的黄沙，在高温的炉火中融化了，再由人类口吹成形。它是火亦是冰，它是液体亦是固体，它存在亦不存在。

精灵将一块偌大的镇纸放入姬莉安的掌心：那是一块略成半球体状的水晶玻璃，里头悬浮着成群的斑斓彩带与成群的七彩气泡——像逗号，像渔钩，像烟火，像沉睡的胚胎，像漫天的彩烟，像摊直了身子的巨蟒。什么颜色都有。金与黄，湛蓝与深蓝，一点儿快活鲜亮的粉红，一点儿绯红，再一点儿浓稠的墨绿，成群成群翻飞的色彩。"像急涌向前的种子。"精灵作了一个诗意的脚注。"充满无限的可能。以及不可能，当然。好一件艺术之作，好一件工艺臻品，一个讨人欢心的小东西。你喜欢吗？"

"哦，是的。"培侯博士说道，"我从没看过这么丰富的色彩齐聚于一堂。"

"它的名字叫作'元素之舞'。"精灵说道，"我想这名字不是你的风格，但却是个称职的名字。你觉得呢？"

"确实。"培侯博士说道。愁绪虽然甩不开，但心底却弥漫着一股万事适得其所的悲壮感。

精灵张罗店员将镇纸用鲜艳的粉红色棉纸包装妥当，接着便掏出一张信用卡付了账——那是张泛着彩虹色泽的信用卡，上头还有一个米洛斯的维纳斯的镭射标签；卡片通过刷卡机时还着实惹出了一番稍嫌激烈的声响。

站在店门外的人行道上，他说：

"再见了。暂时再见了。"

"'回到空中去吧，'"培侯博士说道，"'自由地去吧，就此一别了。'"

她早想过总有一天这句话终得出口，甚至早在她站在浴室门口、第一次看到他那只无比巨大的裸足的时候，这句话就已经浮上了她的心头。她站在那里，手里紧紧握着那块镇纸。精灵吻过她的手，接着便呼啸而去，像群蜂般消失在安大略湖的上空，只留下了静躺在人行道上的那件羊皮夹克，夹克渐渐缩小，由童装大小、人偶装大小、火柴盒大小，最后只剩些许残余微粒，然后便消失无踪。而那堆长发绺则一时还兀自在人行道上窜动着，像只诡异的刺猬似的，一阵蠕动接着一阵匍匐攀爬，最后终于消失在路旁的排水沟中。

那么，他们后来还曾再见吗，你也许会这么问。或者，这并不是你心头最急欲得到解答的问题；但无论如何，这都将是你唯一可以得到解答的疑惑。

两年前，在前往不列颠哥伦比亚省参加一个叙事学研讨会的途中，姬莉安·培侯于纽约短暂停留数日；自自在在、看来约莫只有三十五岁上下的她走在麦迪逊大道上，偶然瞥见一个陈列了各式镇纸的商店橱窗。这批镇纸并非如多伦多那片小店里的当代艺术创作——加拿大艺术家们娴熟地运用色彩与材料质感，创造出一个个充满彩带、丝线、纱幕与飘浮色块的幻觉世界。这批镇纸来自古典世界，古典的造型，精心雕琢的呈现：千花琉璃，细工晶格，冠状回旋，玻璃彩杖，以及内部悬浮着一朵玫瑰或紫罗兰、一只蜥蜴或蝴蝶的玻璃圆球。培侯博士走进店里,双眼晶亮如玻璃;店里灯光昏暗,两名男店员笑容可掬,心满意足地待在这个宝窟之中。接下来的半个小时,他们耐心十足地为培侯博士自玻璃架上取下一只又一只光彩夺目的镇纸,与她一同欣赏赞叹那装在细致的白色藤篮中的矢车菊花束、一丛丛的七彩镶嵌琉璃花,仿佛一小方被冻结在玻璃球中的天堂,永远崭新,永远明亮,再不受尘世浊气的污染,就这样永永远远地被冻结在那个晶莹剔透的世界中了。

玻璃哪,培侯博士对着两名店员说道,它是不可能的存在,它不过是一个坚实的隐喻,它既是能让视线穿过的透明媒介,却也是视线停驻的焦点。它就是艺术,艺术的真谛,培侯博士说道,而两名店员一边聆听,一边则忙着在那似有形又若无形的玻璃架上移动着一团团的鲜红、宝蓝与澄绿。

"几何图样的嵌花是我个人的最爱。"培侯博士说道,"胜过那些写实,或该说是急欲模拟真实的作品,你们同意吗?"

"大致上来说。"其中一名店员说道,"大致上来说。几何图形的整体视觉效果确实较为突出,玻璃的几何造型以及彩杖的几何排列等等。但你看过这些了吗?它们是美国本地的作品。"

呈现在培侯博士眼前的是一只冻结在玻璃中的小蛇,蜷曲在一个布满浮萍的水面上。小蛇口中吐出一缕丝线般的舌头,慵懒而不失机警的橄榄形小头上还嵌着两颗小得不能再小的红棕色眼珠。店员又拿来了另一只镇纸:在那团深邃幽静有如井水般的玻璃中,一朵小花悠悠漂浮,蔷薇色的花瓣,白色的花萼,绿色的花梗,长长的叶片拖曳在水中,根部则沾染了点点棕色的花汁与泥土——同样拖曳在水中的须根,一缕缕,一丝丝,蜷曲着悬浮于其中。完美无瑕的幻象造就了一只完美无瑕的镇纸,而对原物细节完美无缺的留意与关照则造就了一朵完美无瑕的不死假花。姬莉安想到了吉尔迦美什,想到了那株得而复失的仙草,想到了那条无心的水蛇。统统在这里,并列在她眼前,悬浮在空无之中。

她将镇纸翻过一面,放下了。它们的价钱高不可攀。

她注意到,几乎错过地注意到了,接过镇纸的那只手上出现了一个新的斑点,手背上的一个深褐色斑点。漂亮的、枯叶似的柔棕色。

"我真希望——"她对着那个站在玻璃立柜后方的人影说道。

"你会喜欢那朵花的。"她身后传来一个声音,"蛇也一起吧,有何不可呢?两个我都买了。送你。"

他就站在那里,在她身后,深色大衣与白色领巾,一顶大了些的黑色丝绒宽边帽子,还有那副深蓝色墨镜。

"真是稀客啊,先生,很高兴能再次看到您。"店主说道,一边伸手接过了那张米洛斯的维纳斯信用卡,"稀客稀客,也是贵客。"

培侯博士与这个高大黝黑的男子并肩走出小店,走在麦迪逊大道上,手中握着两只纸镇,一朵花与一条蛇。世界之大,能容万物;人手造的,不是人手造的——他们活得与我们不同,也活得比我们久;他们偶尔也与我们的生活产生交会,在故事中,在梦中,在我们侈丽飘浮的时刻里。姬莉安·培侯心满意足,因为她已回到他们的世界中,或者至少已经掌握了回去的路,一如孩提时代的她。她对精灵说道:

"你打算久留吗?"

他说:"不。但我会再回来的。"

她说:"如果你能记得在我这一生中回来的话。"

"如果我记得的话。"精灵说道。

致谢

感谢塞瓦特·恰潘协助我一切有关土耳其事宜，将夜莺之眼引介于我，并提供关于精灵的资料。感谢阿卜杜尔拉扎克·古马赫提醒我关于卡马拉尔扎曼王子的故事中第三个精灵的吊诡之处。感谢彼得·卡拉奇奥洛，他对《一千零一夜》的热忱深具感染性。罗伯特·欧文精彩绝伦的《一千零一夜：伴随之物》于我写作《瓶中精灵》期间出版，对该篇的构想与结构影响深远。鲁斯·克里斯蒂与理查德·麦坎翻译了奥克塔伊·里法特的诗，并将其纳入《记忆的声音》（Rockingham 出版社，1993）一书中出版面世。《企鹅土耳其诗歌》与新近出版的《现代土耳其诗歌》（Rockingham 出版社）二书的编辑团队，在此一并致谢。感谢英国文化协会文学部门,屡次赞助我出国访问,改变了我观看世界的角度。安卡拉的博物馆中确实也曾有过这么一位导游解说员……

《龙息》一篇的催生者为舍赫拉查德 2001 基金会的伊内克·霍尔兹豪斯与伊隆卡·维尔杜尔芒,并曾以修改后的短篇形式在该协会援助萨拉热窝的计划中当众朗读。《大公主的故事》催生者为 Vintage 出版社成人童话系列《被故事攫住》的克里斯蒂娜·帕克与卡洛琳·希顿两位女士。克里斯蒂娜主张作家应以自己的生活为蓝图创作童话,而我曾对自己身为三姐妹中的老大一事耿耿于怀。

简·特纳,一如往常,为拙作提供插画,其珍贵无以言喻——她为这批插画所作的研究与发现,值得以专书面世。卡门·卡利尔为本书设计了精美的版面。本书得以顺利出版,珍妮·厄格洛与乔纳森·伯纳姆功不可没。

感谢牛津大学出版社允许我引用 W.J. 特纳《诗选》中的《罗曼史》;感谢企鹅图书有限公司授权引用法鲁克·纳菲兹·恰姆利贝尔的《郭克斯》和艾哈迈德·哈西姆的《傍晚》(局部修改版本),二者均出自《企鹅土耳其诗歌》(1978)。

图书在版编目（CIP）数据

夜莺之眼/(英) A.S.拜厄特著; 王娟娟译. -- 上海：上海文艺出版社, 2021
(A.S.拜厄特作品)
ISBN 978-7-5321-7883-4
Ⅰ.①夜… Ⅱ.①A… ②王… Ⅲ.①中篇小说－英国－现代
②短篇小说－小说集－英国－现代 Ⅳ.①I561.45
中国版本图书馆CIP数据核字 (2020)第269695号

THE DJINN IN THE NIGHTINGALE'S EYE by A. S. Byatt
Copyright © A. S. Byatt 1994
著作权合同登记图字：09-2019-130号

发 行 人：毕　胜
责任编辑：曹　晴
封面设计：朱鑫意 e2works.cc

书　　名：夜莺之眼
作　　者：(英) A.S.拜厄特
译　　者：王娟娟
出　　版：上海世纪出版集团　上海文艺出版社
地　　址：上海市绍兴路7号　200020
发　　行：上海文艺出版社发行中心
　　　　　上海市绍兴路50号　200020　www.ewen.co
印　　刷：杭州锦鸿数码印刷有限公司
开　　本：850×1168　1/32
印　　张：9.375
插　　页：5
字　　数：108,000
印　　次：2021年6月第1版　2021年6月第1次印刷
I S B N：978-7-5321-7883-4/I.6251
定　　价：62.00元
告 读 者：如发现本书有质量问题请与印刷厂质量科联系　T: 0512-52605406